寂しがりやのレトリバー
Samishigariya no Retriever

寂《さみ》しがりやのレトリバー

三津留《みつる》ゆう

ILLUSTRATION：カワイチハル

寂しがりやのレトリバー

LYNX ROMANCE

CONTENTS

寂しがりやのレトリバー

I

食堂を出ると、初秋の風が首もとを撫《な》でた。

十月もなかばを過ぎると、日によっては風がつめたい。小さく身震いして、支倉《はせくら》は白衣のポケットに缶コーヒーを突っこんだ。

気温は低いが、空はよく晴れている。

肌寒く感じたのは、食堂棟《とう》と校舎をつなぐ渡り廊下が、一日じゅう蔭《かげ》になっているからだ。

渡り廊下から見える校舎北の駐車場、その隅に植えられた椎《しい》の木の下には、古ぼけた水色のベンチが置いてある。そこに人影があるかどうかを確認してしまうのは、この学校に着任してから三年のあいだについた癖《くせ》だった。

「お、支倉先生、まだ未練あるの？」

背後から、声をかけられて振り返る。

「大矢《おおや》先生」

にこにことこちらを見ている丸顔の男は、国語科の教員だった。この学校で、一番年齢の近い同僚だ。支倉よりも三つ上だが、三十路《みそじ》にしては腹まわりに貫禄《かんろく》がありすぎる。

「意外だなあ。あっさり禁煙したみたいに見えたのに」

「いえ、違いますよ。なんていうか――癖みたいなもので」

言いながら、駐車場のベンチに目を戻した。

木蔭のベンチは、公立高校という場所柄《がら》、早いうちから目につかないところに追いやられていた元喫煙所だ。昨年の春まで、ベンチの横には灰皿がわりの空き缶が置かれていた。けれどそれも、都立の学校に全面禁煙が申し渡されて以来、姿を消した。

煙草《たばこ》を吸うには、学校の外まで出なければならなくなった。

ところが、校門を出たところで吸っていたとしても、近隣の住人に迷惑だ、職場放棄《ほうき》だと言われて肩身が狭い。やめられるものならやめようと、禁煙する教員も多く出た。

支倉もそのうちのひとりだ。

「夏も暑いけど、冬も寒くていやだよねぇ。吹きっさらしの中で吸うなんてさあ」

室内で吸えたころはよかったよ、と大矢は顔をしかめ、亀《かめ》のように首を縮める。ワイシャツと薄手のセーターだけでは寒いのだろう。夏には滝のような汗をかいていたのが嘘《うそ》のようだった。

大人になるほど時の流れは速くなり、日々は目の前を走り過ぎていく。流れるまま生きるうち、たどり着くのはどこなのか。そんなことを考えていたこともあったが、答えを出すのは、もうとっくに諦《あきら》めた。

「そうですよね」

支倉は、ベンチに目を戻してうなずいた。

「支倉先生くらいかっこよければ、外で吸ってる姿見られても様《さま》になるってもんだけど、僕なんかほら、こんなだし」

大矢は腹をさすって笑った。

褒《ほ》め言葉なのだとわかっている。だが、母親譲《ゆず》りの切れ長の目に長い睫毛《まつげ》、父親に似た薄い唇は、女性受けがいいのだと自覚していても、支倉にとっては困惑の対象でしかない。ともすれば男をしても「綺麗《きれい》だ」と言わしめる容貌《ようぼう》は、男しか愛せない自分の性癖《せいへき》が表出してしまっているかのようで、思春期以降、悩みの種にしかなりえなかった。

「なに言ってるんです。あんな可愛《かわい》い奥さんもらっておいて」

話題を替えて言い返すと、大矢は、いやあ、と顔をほころばせた。その指には、真新しい指輪がはまっている。ここのところいっそう大矢の肉づきがよくなったのは、幸せ太りというやつだろう。

「俺は寂しい独《ひと》り身ですからね。奥さんも、先生の健康を心配なさってるんじゃないですか。ほどほどにしておくに越したことはありませんよ」

「そうだよなあ、養護《ようご》の先生に言われると身にしみるなあ」

支倉が肩をすくめてみせると、大矢はわははと朗《ほが》らかに笑った。

つらつらと話しながら歩いていると、渡り廊下の向こうから、二年生の女子生徒がふたり、元気よく駆けてくる。

「支倉先生！　こんなとこにいた」

「保健室行ったらいないんだもん。ね、五限、寝かせてよ」

子猫のようにじゃれあいながら、口々に言う。

「おまえらなあ」

支倉は呆《あき》れて顔をしかめると、しっしっ、と手の甲を見せた。

「今、ここまで走ってきてたろ。元気なら教室帰れ」

女子生徒たちは、「ちぇー、きびしー」「支倉先生のけちー」と頰を膨《ふく》らませる。

「ほら、おまえら、支倉先生に甘えるなよ。だいたい次、僕の授業だからな」

大矢は両手を腰に当てるが、ぬいぐるみのような容姿では威厳もない。生徒たちも、「あれ、そうだっけ？」「ごめんね、大矢先生」と笑顔を見せる。

「走るほど体力が余ってるんなら、授業の前にプリント配ってもらっとこうか。ふたりとも、職員室寄っていきなさい」

「えー？　なんでよぉ」

ふたりを「いいから」といいなしつつ、大矢は「じゃあ」とこちらを向いた。支倉は応《こた》えて目礼をする。女子生徒たちは大矢に追い立てられながら、「またね、支倉先生」「放課後寄るねー」と甘ったるく語尾を伸ばし、楽しげに手を振った。

軽く手を挙げ見送ると、校舎から、昼休みの喧騒《けんそう》がさざ波のように聞こえてきた。

支倉はほっと息をつくと、駐車場まで歩いていった。校内が禁煙になって以来、人がいたことのない日蔭のベンチに腰を下ろす。

煙草のかわりに休憩の相棒になったのは、食堂にある自販機の缶コーヒーだ。

プルタブを上げ、安っぽい苦味を喉に落として、空を見上げる。

禁煙のお達しがなかったとしても、養護教諭《きょうゆ》という立場上、煙草はいつかやめたほうがいいと思っていた。そう考えながらもずるずる吸い続けていたのは、祖母の記憶があるからだった。

まだ支倉が、長男として期待されていたときのことだ。

厳しい父のもとで育った支倉は、その期待に応えたいと、子どもながらに気を張っていた。優秀でいなければ、父には褒めてもらえない、自分に存在する価値はない。そう思い込むようになった支倉を、祖母の両腕は、どんなときでもぎゅっとやさしく抱きしめてくれた。どこへ行っても大人の顔色をうかがっていた支倉が、唯一心のままに甘えられる場所だった。

そんな祖母は、支倉が七つのときに死んだ。

祖母の葬儀《そうぎ》が行われたのも、こんなふうに晴れた秋の日だった。

斎場《さいじょう》に続く小径《こみち》に鬱蒼《うっそう》と茂っていたのも、椎の木だったと思いだす。

葬儀の途中、支倉は、ぐずりはじめた弟と一緒に、母に連れられ外に出た。埃《ほこり》っぽい小径に落ちていた椎の実を見て、へんなどんぐり、と思ったことを覚えている。

家に帰ったら、このどんぐりの名前を図鑑で調べ、それから母に教えよう。いつも自分と同じように、父の機嫌にびくついて、不安そうな顔をしている母も、きっと喜んでくれるだろう。

そう考えて、木の実をひとつ拾ったところで、その母が声をかけてきた。

「誓《せい》ちゃん、見てごらん。お祖母《ばあ》ちゃんよ」

母の指すほうを仰《あお》ぐと、斎場の煙突から、黄みがかった煙が立ち昇っていた。

「亡くなった人の煙は、自分の家へ帰って行くって……本当なのねえ」

薄水の空に流れていく煙を見ながら、母は声を潤《うる》ませた。死んだのは、家業の医院を継ぐために、婿《むこ》をもらった母の実母だった。

まだ幼かった支倉は、母の言葉を額面《がくめん》どおりに受け取った。

人は死ぬと、煙になる。

そして、自分の家へと帰る。

――そうだとしたら、帰る場所を持たない俺は、死んだらどこへ行くんだろうな。

祖母が亡くなって五年ののち、支倉は、両親が希望していた私立中学の受験に失敗した。

父は落胆《らくたん》を隠そうとはしなかった。努力が足りないと言われるたびに、支倉の心は両親から離れていった。弟の出来がよかったことが、その感情に拍車をかけた。

寂しかった。誰からも必要とされないのだと思っていた。その寂寞《せきばく》を、一夜だけでも肌のぬくもりで埋められることを知ったのは、いったいいつのことだったろう。

祖母の死から、二十年の時が経った。

そのあいだに、支倉が夜の街で男を漁《あさ》っていることが父親に知れた。父に親子の縁を切られた支倉に、もはや家と呼べる場所はない。

火葬の煙は、故人の家へ帰っていくと母は言った。

煙草をやめられなかったのは、漂う煙の行く先に、祖母の死と、自分を重ねていたからだ。

おだやかに凪《な》いだ晴天の日、自分が吐きだした白い煙は、まっすぐに空へと昇り、消えていく。どこへも行かない。帰るところも、寄るべきところもないからだ。

支倉は、もう一度、頭上に広がる雲を仰いだ。

秋の空は高く澄み、そらぞらしく広かった。

木蔭で吐いた煙のように、寄る辺《べ》なくあの青に溶けて消えていく、おそらくそれが、自分に似合いの生きかただ。

保健室に帰り着くと、支倉は扉を開けしな、留守を頼んでいた保健委員の女子を呼んだ。

「相原《あいはら》ぁ、待たせたな」

コーヒーの缶は途中で捨ててくればよかった、と手もとを見る。

保健室には、基本的にひとりで常駐している。しかし、昼食時や授業後に会議が入っているときなどは、保健室を空ける必要があった。そんなときは、簡単な処置だけ行えるように、保健委員の生徒たちが当番制で留守番をしてくれていた。

もともとほかの委員会に比べて楽だということで、保健委員の人気は高かった。それに加え、支倉が着任してからは、より女子生徒の立候補が増えたのだと、噂《うわさ》好きの同僚が教えてくれた。

今日留守を任せておいたのは、今年から保健委員になった二年生の女子だった。今どきの高校生だが、見た目の印象よりもずっと面倒見はよく、支倉も頼りにしている生徒だ。

「相原？」

あらためて目を上げると、そこに相原の姿はなかった。

前任の養護教諭から引き継いで以後、保健室のレイアウトは変えていない。

それまでの保健室に馴染《なじ》んでいる生徒に配慮してのことだったが、いつのまにか、支倉自身がその配置に慣れてしまった。

部屋の左奥に執務机、手前に処置台とソファ、書類棚《だな》、部屋の突き当たりにはシンク。右手にはベッドが二台並んでいて、生徒を休ませるときは、アイボリーのカーテンで目隠しができるようになっている。部屋の中央には、四人ほどが着席できるテーブルとパイプ椅子《いす》が置いてあった。

その長方形のテーブルに、男子生徒が突っ伏しているのが目に入る。

昼食を取りに出る前まで、相原が座っていた席だ。彼のほかに、室内に人影はない。

「――おい」

支倉は驚いて、微動《びどう》だにしない紺色のブレザーの背中に歩み寄る。

体調が悪いのか。それならば保健委員の相原が、必要な手続きを済ませた上で、ベッドに寝かせているはずだ。相原に限って、無責任に留守にするはずがない。その相原がいないとなると、自分を呼びに来て入れ違ったのだろうか。

そうだとすれば、急を要する事態かもしれない。

支倉は、男子生徒の背中へと伸ばしかけた手を引いた。身体を揺する前に顔色を見ようと窓側へ回りこみ、そして納得する。

眠っている男子生徒の顔には、見覚えがあった。相原が、「最近つきあい悪いんだよね」と不満を垂れつつのろけていた、いわゆる彼氏——二年生の、湖賀《こが》という生徒だ。

彼女が保健委員なのをいいことに、静かな場所で、午後の昼寝を決めこんでいるというところか。

——ったく、そういうのを職権乱用って言うんだよ。

やれやれ、とため息をつくと、開け放したままの窓から、さあっと風が吹きこんだ。

湖賀の前髪が、さらりと揺れる。

派手ではないが、黒毛の大型犬を思わせる、愛嬌《あいきょう》のある面立《おもだ》ちだった。その中に、あと数年経てばまわりの女が放っておかないだろうなと思える、男らしい甘さが見える。

——可愛いもんだな。

支倉は、うっかり口もとをゆるめた。

相原たちとつるんでいるので、彼を見かけることはよくあった。

顔を覚えていたのは、彼が同級生たちよりも背が高いからというだけではない。仲間に囲まれているときは、普通の高校生らしく、適度に明るく話している。だが誰にも見られていないところでは、ふと真顔で遠くを見ている、その表情の温度差が、どこか気にかかっていた。

友人や彼女と一緒にいてなお、誰かを探しているようなその姿に、かつての自分を見てしまっていたのだろうか。

ゆっくりと上下する制服の背中は、中庭から降る陽射《ひざ》しの中で眠っていた。

そのおだやかな寝顔には、憂いの影は見つからない。

――思い過ごしなら、そのほうがいいけどな。

昼休みも、もうすぐ終わる。彼を起こそうとしかけ、はっとした。

テーブルの上に投げだされた右手の甲に、新しい打撲《だぼく》の痕《あと》がある。

その部位に、支倉はぐっと眉間《みけん》を狭《せば》めた。

腫《は》れているのは、右手の背部、小指の近くだ。皮下の出血も、わずかだが認められる。

手の甲は、ひどく打ちつけたとしても、見た目に変化があらわれにくい。しかし、この腫れは特徴的だった。手のひらを握った状態で、甲を強くぶつける――たとえば握り拳《こぶし》で、なにかを殴ったときに多く起こる症状だ。

――こいつ。

目を走らせると、上着ごと無造作にシャツをまくった腕にも、細かな擦り傷、薄くなった打撲の痕がある。日常生活でついた傷でも、一度に受けた傷でもない。

支倉は、こくりと喉を鳴らした。

養護教諭に求められる役割は、ここ数年で大きく変化した。単純な怪我《けが》や病気の応急処置だけではなく、いわゆる心の病《やまい》や、表に出ないいじめなどの早期発見も、保健室に期待されている。

支倉が着任してからは、まだそういった事態に出会ったことはなかったが——。

——まさか、いや。

いつもは明るく振る舞う湖賀が、ふと見せる寂しげな顔が頭をよぎる。まずは話を聞かなければ、と眠る顔を注視したところで、室内に吹きこんでくる風が、窓際のカーテンを揺らした。

眠る湖賀の、前髪がめくれる。

そこに姿を現したのは、右眉《まゆ》の少し上、長さ五センチほどの古い傷痕だった。

「……」

支倉は、傷を目にしたまま呼吸を忘れた。

カーテンが風に煽《あお》られ、はたはたと音を立てている。中庭から吹いてくる風は、午後の陽にあたためられて、まるい日なたのにおいがした。

伸び気味の前髪から覗《のぞ》く傷痕は、のどかな午後に、あまりにも不釣りあいだった。

皮膚《ひふ》にすっかり同化した傷は、ここ何年かでついたものではない。おそらくは彼が、幼いころに受けたものだろう。子どものころの傷であれば、考えられる原因は様々だ。故意に傷つけられたものだというのは、可能性のひとつに過ぎない。だが、手の甲の真新しい傷のことを思うと、いやな想像を拭《ぬぐ》いきれなくなった。

支倉は、吸い寄せられるようにその傷に手を伸ばす。

「……っ、触んな！」

怒号《どごう》に近い声が響いて、支倉は我に返った。

右の手首を、強く拘束されている。

手首を摑《つか》んでいるのは湖賀だった。支倉も、細身とはいえ身長は一七〇センチと少しある。しかし立ち上がった湖賀の目は、支倉が軽く見上げる位置にあった。

仰いだ顔は蒼白で、なにかに怯《おび》えているようにすら見える。手首を摑む手にこめられた、骨が軋《きし》むほどの力に言葉を失くす。

「あ……先生……」

湖賀は呆然《ぼうぜん》と呟《つぶや》いた。状況を理解したのか、支倉の手を離し、自分を支えていたものを失ったかのように、どさりとパイプ椅子に腰を落とした。

「ごめん。ちょっと……驚いて」

うなだれた黒髪に、かける言葉を迷ってしまう。

——本当に、驚いただけか？

手首に残る、鈍い痛みに問いかけた。怯えた顔、過剰な反応。湖賀の身体と額《ひたい》の傷が、無関係だとは考えられなくなってくる。

「おまえ、二年の湖賀だろ」

支倉は、慎重に言葉を選んだ。

「相原はどうした？　ここ、頼んでたはずなんだけど」

「……さっきまでいたよ」

湖賀は、海の底から上がってきたばかりのように、深く息をついた。それを横目に、支倉はテーブルの上に放っていたコーヒーの缶をゴミ箱に入れる。

「それよりさ」

湖賀は、仕切り直そうとでもいうように明るい声を出した。

「センセー、おれの名前知ってたんだ」

「……相原からいつも聞かされてる」

「そっか。おれも加南子《かなこ》からよく先生の名前聞いてるよ。あいつも言ってたけど、先生、近くで見るとほんとに綺麗な顔してるよね」

加南子というのは、相原の下の名前だ。そんなことを言いながら無遠慮に近づけてくる顔には、怯えたような表情の名残《なごり》はなかった。

——どうする？　傷のことを訊《き》くべきか、それとも。

逡巡する支倉の耳に、信じられない言葉が届いた。

「これじゃあ、男にもモテるよね。外にいるときの先生って、妙に色っぽいし」

思わず、眉根が寄った。ただカマをかけているにしては、自信に満ちた口ぶりだ。

「昨日も夜、遅かったみたいだし、今日は疲れてんじゃねえの？」

挑発する上目遣《うわめづか》いは、確実になにかを知っている。

――こいつ、なにを考えてる？

湖賀の言うとおり、昨夜《ゆうべ》遅く、支倉は外にいた。昨日、支倉がいたのは新宿《しんじゅく》二丁目――ゲイタウンとしては有名すぎる場所だ。目的はもちろん、一夜の相手を探すことだった。

二丁目は、支倉にとって馴染みのある街だ。

学生時代、気詰まりな家にいられず、理解してくれる者を求めて足を踏み入れて以来、身体を使って会話をするごく親しい友人に会うときは、いつも顔を出す店がある。

肌を重ねるあいだだけは、虚《むな》しさを忘れ去ることができた。

だが人間同士の関係は、深くなればなるほどに、たがいに求めるものが生まれる。支倉は今まで、特定のパートナーを作ったことはなかった。

今日の渇《かわ》きは、今日の相手で潤《うるお》せばいい。そうすれば、相手の期待を裏切らずに済む。

けれど――そんな現場を、勤務先の生徒に見られていたとは。

支倉は息をつくと、ひとまず湖賀から視線を外した。テーブルを離れ、執務机に置いている保健室利用届を一枚手に取る。それを湖賀に放りがてら、「それで？」と答えた。

昨夜、その界隈《かいわい》に顔を出したのは、ずいぶん遅い時間だった。どんなところを見られたのか知らないが、高校生が外をうろついていていい時間ではない。こちらにもやり返す手はあるだろう。

利用届を受け取った湖賀は、支倉がもっと動揺すると思っていたのかもしれない。面食らったような顔をした。

「それで、って、それだけ？」

「ほかに、なにかあるのか」

まっすぐに見据《みす》えて言うと、湖賀は答えに窮《きゅう》したらしく目をそらす。支倉に対して悪意を持っているわけではなく、興味本位の質問だったようだ。密かに胸を撫で下ろす。

「じゃあ、俺からも訊くがな」

今度はこちらの番だった。

「おまえ、その手、どうした」

「……」

湖賀は顔をうつむけて、「ぶつけた」とふてくされた声で言う。

「嘘つけ」

「ほんとだって」

「どこでなにしてたら、そんなに腫らすほどぶつけんだよ」

湖賀は答えない。憮然《ぶぜん》とした表情で、テーブルに視線を落としている。壁のスピーカーから、五限目の予鈴《よれい》が響いた。いっそうざわつきを増す校内に、ふたりのあいだで沈黙が際立つ。

支倉は、できるだけ平静な声で言った。

「——おまえのそれ、ボクサー骨折っつって、拳で強く殴ったときの、典型的な腫れかただよ」

湖賀の顔が、さっと色を失う。心当たりがあるのだろう。

「手の甲はな、あんまり症状が出ねえから、つい甘く見がちなんだ。打ち身にしか見えなくても、骨折してることだってある。放置してると、骨に変形が残ったり、後遺症《こういしょう》が出たりすることだってあるんだ。なに殴ったんだか知らねえけど、とりあえず一回、病院行っとけよ」

ペン立てからボールペンを取り、湖賀のほうへ転がした。

「それで、五限は寝てけ。——ひでえ顔してるぞ」

落ち着いて見る湖賀の顔には、さっきまでの挑発の気配はなかった。紙のような顔色をして、目もとには、深い疲れが見て取れる。昨日や今日、遅くまで遊んでいたというふうではない。

打撲の理由や日々の寝不足を見破られ、湖賀は観念したのだろう。利用届に、湖賀千尋《ちひろ》、と震える右手で名前を書いた。

「よし」

利用届を受け取ると、そこで五限の本鈴が鳴る。支倉が内線で、湖賀の教室に保健室で休ませることを伝えると、彼の両肩からふと力が抜けた。

「……なにがあったか、訊かねえの」

「話したいんなら聞くけどな」

窓の開いた校舎の南棟から、若い教員の声が聞こえている。

手の甲の応急処置を済ませ、支倉が手の届かない位置に座ると、湖賀はわずかに警戒を解いたようだった。ぽつり、ぽつりと、独り言のように話しはじめる。

「昨日は……ちょっと、いらいらしててさ」

「――それで夜、出歩いてたのか」

湖賀は「え？　ああ、うん」と曖昧《あいまい》に首を振った。思いだしながらではなく、考えて喋っているようだ。それもそうか、と支倉は嘆息《たんそく》した。本当のことを話すはずがない。信頼している友人ならともかく、支倉は、親しくもない教員だ。

「で、新宿にいて――そこで、先生のこと見たんだよ」

さっきまでの態度からは、手のひらを返したようだった。

おそるおそる、うかがうみたいに、湖賀はこちらの顔を見ている。その表情に、支倉は見覚えがあった。言いたいこともろくに言えず、父親の顔色をうかがっていた、幼い自分。

「ガキが夜中に出歩いてんじゃねえよ」

騙《だま》されてやることにすると、湖賀の表情がやわらいだ。

「昨日、かなり遅い時間だったろ。補導されてえのか」

「大丈夫だよ。おれ、高校入ってから補導されたことねえもん」

たしかにこの体格ならば、制服を着てでもいない限り高校生に見えないだろう。けれど夜中に出歩いているのなら、それはそれで問題だ。

諌《いさ》めてやろうと口を開くと、その気配を察したのか、「それより」と遮《さえぎ》られた。

「先生、女に興味ないって噂、ほんとだったんだ？」

なるほど、気になっていたのはそこかと合点《がてん》がいく。

「訊いてどうすんだ。話のタネにでもする気か？」

「そんなことしねえよ。……ただ、昨日見た先生の顔が、彼氏っぽいやつといたのに、なんか寂しそうだったたから。ちょっと気になっただけ」

——寂しそうだったたから。

それは、自分が湖賀に対して抱えていた感情だ。

主人を案ずる犬のように、湖賀は無遠慮に鼻面《はなづら》を寄せてきた。

「ねえ、先生。昨日、なんかあったの？」

他人の孤独がわかるのは、自身が孤独を味わったことがあるからだ。

冷静に考えたなら、適当に誤魔化すほうが得策《とくさく》だった。けれど、どうしてか今、湖賀の前では、自分を偽《いつわ》ろうという気にはなれなかった。

支倉は、湖賀の顔を見た。

いつのまにか、手を伸ばせば触れられそうな距離にまで入りこまれている。

「口止めだ。黙ってろよ」

「え？」

向かいあう制服の、ネクタイを摑んで引いた。

見開かれた目を無視して、その顔にぐいと唇を寄せる。

「……！」

くちづけは一瞬だった。

びく、とブレザーの肩が跳ねるのを見て、ゆっくりと唇を離す。

「――これでおまえも、はたから見たら同類だからな」

まだ吐息《といき》の触れあう距離でささやいた。制服のシャツの胸もとを、指先でつうっとなぞる。

「俺が男と歩いてたこと、ほかの誰にも言うんじゃねえぞ？」

湖賀は目をまるくしたまま、まばたきをするのも忘れているようだった。流し目をくれてやると、思いだしたようにカアッと頬を赤くする。

「……先生、やらしい」

手のひらで口もとを覆った湖賀は、支倉を詰《なじ》るようにそう言った。

「この程度でか？　まだガキだな」

とん、と肩を突いてやると、湖賀は「ひでーな、先生」と情けなく眉尻を下げて笑った。

湖賀はそれから、五限目の授業時間いっぱい、保健室のベッドで眠っていった。

執務机で作業をしながら、支倉は時折、ベッドをぐるりと囲むカーテンの向こうに耳を澄ませた。

しばらくすると、寝返りの音や寝息すら聞こえなくなって、心配になりカーテンをめくる。

ベッドに横たわっている湖賀の肩が、ほんのわずかに上下する。指先で、眠る額の髪を分けると、
そこにはやはり古傷があった。

——なんで生徒に、キスなんてしたかな。

教師という職業柄、生徒との関係には細心の注意を払ってきた。湖賀を信じる理由がどこにあったのか、自分でも理解できない。あんなキスが、口止めになるのかも怪しいところだ。

保健室のベッドには、白いシーツがかけてある。

真っ白な肌掛け布団《ぶとん》にすがるように回された両腕が、なぜか無性《むしょう》に気になった。

それからというもの、湖賀はちょくちょく保健室に顔を見せるようになった。

「支倉せんせー」

湖賀は執務机の前に支倉が座っているのを見ると、室内をきょろきょろと見回した。ほかの生徒がいないのを確認してから、にかっと笑う。

「三限、寝かして」

「——おまえなあ」

書類仕事の手を止めて、支倉は大仰《おおぎょう》に息をついた。

「あ、そんな顔していいの？　保健室の先生なのに」

「保健室の先生だからだ。ここはおまえの部屋じゃねえ」

「わかってるって。朝から熱っぽくてさぁ」

誰もいないのをいいことに、湖賀は甘ったれた声を出す。

「キスしたら、熱いのわかると思うよ」

——またか。

口止めと称してキスをして以来、湖賀は、支倉をけしかけるようなことを言ってくる。

どういうつもりなのかは知らないが、支倉のことを言いふらす気がないと言ったことについては、嘘をついたわけではないようだった。湖賀が頻繁《ひんぱん》に保健室に来るようになったことのほかは、以前と変わらない日々が続いている。

湖賀を追い返さないのは、気になることがあるからだった。

利用届を一枚取ると、湖賀に差しだす。

「馬鹿言ってんじゃねえぞ。相変わらずひでえツラしやがって」

「え、わりと女の子に人気あるんだけど」

「そういう意味じゃねえよ」

へらへらと調子のいいことを言うものの、利用届に名前を書きこむ湖賀の顔色は、あまりいいとは言えなかった。

支倉は、電気ポットの前に立つ。

インスタントのコーヒーをマグカップにふたりぶん淹《い》れ、ひとつを湖賀の前に置きながら、それとなく様子をうかがった。

ラッキー、とマグを手に取る湖賀の顔は明るい。けれど今日も、ベッドに入るときつく眉を寄せて眠るのだろう。ベッドで休ませているときに、あまりにも静かなので様子を見ると、湖賀はいつも、悪い夢でも見ているように歯を食いしばり、拳を握って眠っていた。

マグを持つ湖賀の手は、あのあと支倉の言いつけを守り、医者に診《み》てもらったようだった。

ころあいか、と考えて、さりげなく訊いてみる。

「手、もういいのか」

「ああ……うん」

はたと気づいたようにこちらを見て、湖賀はばつが悪そうに身じろいだ。

「若《わ》けえと治りも早えもんだな」

文倉もあえて深くは訊かずに、さらりと流した。ほっとした様子で、湖賀も返す。

「若けーつって、先生もそんなにおっさんじゃねえだろ。いくつ？」

「二十七」

「へえ、じゃあおれよりちょうど十歳上なんだ」

「わかったら、もうちょっと敬《うやま》えよ」

テーブルで利用届を書いていた頭を小突いてやると、湖賀は「痛《い》ってえ」と嬉しげに笑った。

「十歳若けえ先生って、想像できねえな。ね、先生ってさ、高校生んとき、どんなだったの」

「そんなこと聞いてどうすんだよ」

「気になるじゃん」

冗談で言っているのではないらしい。文倉に、期待に満ちた目が向けられる。

「高校生んとき、って言われてもなあ——」

返事に困って、そう言った。

宙を仰いで、十年前の記憶を呼び起こす。

問われて思いだしたのは、支倉がゲイだと自覚したのは、高校生のころだったということだ。

「そういや……好きなやついたな、クラスに」

「へえ、男？　女？」

「男だよ。一番仲のいいやつだった」

昔から、淡白《たんぱく》なほうだと思っていた。

けれど、仲のいい友人に感じてしまった衝動は、誰にも知られてはいけないものだった。

高校生は、クラスの友人、担任教諭、部活の仲間、家族など、箱庭のような世界の人間と、毎日顔を合わせている。そんな密な関係の中では、ささいなことでも、ひとたび口にするだけで、それまでの均衡《きんこう》が崩れてしまう。

自分の中に抱えこんでいるものを、おいそれと口に出せないのは当然だ。支倉だってそうだった。

「――誰にも言えないってのは、それなりにつらかったな」

「そっか……確かに、つらいかも」

相槌を打つ湖賀に、「なに言ってんだ」と切り返してみることにする。

「おまえだって知ってんだろ、そういうつらさ」

「俺が？　なんで」

「見りゃわかる。来るたびに新しい傷作ってきやがって」

　支倉は、気づいていた。

　手の甲の傷を見たあの日以来、保健室に現れる湖賀は、たいていどこかに生傷《なま》を負っている。

　怪我の部位は、いつも衣服に隠れる位置だった。何者かに、暴力をふるわれていると考えるほうが自然だろう。

「……先生に話しても、どうにもならねえよ」

　案の定、湖賀は消え入りそうな声で呟いた。

「聞いてみないとわからない」

「わかるよ。無理だ」

「無理じゃない。実は——おまえのこと、しばらく見てた」

「……俺のこと？」

「ああ。学校でのいじめってわけじゃなさそうだし、自分でつけた傷でもねえ。となると、家だ」

　湖賀は目を伏せたまま身を固くする。

「話して楽になることもある」

「……」

見つめる視線に囚《とら》われて、湖賀は迷っているようだった。その表情に、いつも相原たちといるときに見せる、取り繕《つくろ》った余裕はない。

支倉は、小さく息をついた。

「別に、無理やり聞きだそうってわけじゃねえけどな。——見ろ」

支倉は右手で前髪をかき上げて、額をあらわにしてみせた。

目を上げた湖賀が、顔をしかめる。

「……なんか似てるなと思ったら、ほっとけなかった」

湖賀に見えているのは、彼の右眉の上にあるのとよく似た古傷であるはずだった。

額の真ん中より少し右寄りの、前髪に隠れるところ。真一文字に走る傷は、湖賀の傷とほとんど同じ位置にある。

「おまえにもあるよな。ここに、傷」

支倉は、額から手を離した。

「おまえのがどうやってできた傷なのかは知らねえけど、これは、俺がゲイだってばれたとき、親父《おやじ》と揉《も》めてできた傷」

「……親に？」

「興信所つけてやがったんだよ、実の息子に」

胸の痛みを覚えながらも言葉にできるようになったのは、それだけ時が経ったということだ。

「興信所って……先生ん家、なにしてたの」

「病院だよ。地元の駅からちょっと歩いたとこにある、総合病院。親のじいちゃんの代からやってたから、まあ地元の名士ってやつだ」

支倉にとってあの家は、窒息《ちっそく》しそうな場所だった。

そうは言っても、自分が生まれ育った家だ。期待に応えようと必死になり、なのに、満足できる結果は出せなかった。自分を受け入れてくれたのは、祖母のあたたかい腕だけだった。

その記憶が蘇り、支倉は長じてからも、人肌のぬくもりを求めたのかもしれない。

そういえばあのときだ、と支倉は思いだす。

高校生で、好きだったクラスメイトに彼女ができて、気持ちを伝えることさえできないままに、失恋したときのことだった。支倉は、二丁目で男を覚えた。

「……親父にしてみれば、優秀なはずの後継《あとつ》ぎ息子がゲイだなんて許せなかったんだろう。男と一緒にホテルに入ったのが、親父に筒抜けだった。まさか尾行《つけ》られてたとはな」

支倉は、もう帰ることもなくなった、地元の駅を思い浮かべて目を細める。都心から快速で一時間ほどかかる、ほどよく緑の残る街だ。

「家族の中では、俺だけガキのころから出来が悪くてさ。中学受験も高校受験も、まわりの期待ぜんぶ裏切ったから、おまえくらいの歳のときは、大学くらい医学部行かねえとって必死に勉強してたよ」

どうしてこんなことを話しているんだろう、と支倉は不思議に思った。

どうしてこんなことを、よりによって、生徒なんかに。湖賀には「話せば楽になる」と言いながら、話して楽になりたかったのは、もしかすると自分のほうなのかもしれない。

「じゃあ、医学部行って保健室の先生になったの？」

「いや。受験当日、相当緊張してたんだろうな、教室で吐いた。なんとか試験は受けたけど、結果は散々だよ。親も呆れたんだろ、滑り止めの大学に入ることにした。もうそのころには、医者にはなれねえってわかってたし、ゲイだって自覚もあったしな。結婚しなくても影響のねえ仕事に就《つ》かなきゃと思って、そしたらまあ、これかな、と」

支倉は、白衣の襟《えり》を軽く引いた。

安定していて、未婚であることが不利にならない職業。

一番に考えたのは、馴染みのある看護師だったが、それは父が許さなかった。

顧《かえり》みると、父は古い考えの持ち主だった。医者の家系から看護師を出すということを、どうしても認められなかったのだろう。世間体を気にしたというのもあったに違いない。

どうすれば、と思ったとき、ふいに胸に浮かんだのは、よく世話になった保健室の風景だった。

祖母が亡くなり、中学受験に失敗してから、支倉はよく体調を崩すようになった。

原因のよくわからない、不定愁訴《ふていしゅうそ》だ。

けれどそれでは、父が学校を欠席するのを許さない。

不調を押して登校すると、結局は教室にいられないほど体調は悪くなった。そこで訪れた保健室の先生は、支倉の顔色を見ると、突っこんだことはなにも聞かずに、ただそこにいさせてくれた。

教員の前では、優秀でいなくてはと気を張っていて、友人のあいだでは、同性しか愛せないという秘密を抱えて後ろめたい。学校の中では保健室だけが、支倉にとって息のできる場所だった。

当時のことを思い起こしていると、ふと頬がゆるむのを感じる。

それだけの思い出で職を決めてしまえるなんて、自分も意外と純粋だった。あのころ助けてくれた養護教諭のように、今の自分はなれているだろうか。

「まあ、教員になろうっていうのは、今考えれば悪くない判断だったな」

「そうなの？」

湖賀は、不思議そうに首を傾げた。

「学校の先生なんて、大変じゃねえの。しがらみとか多そうだし、面倒な生徒だって多いだろうし」

「面倒な生徒って、おまえみたいに、正面切って『ゲイなのか』とか、ふざけたこと訊いてくるやつのことか？」

「あれは……別に、そういうつもりじゃなかったんだよ」

湖賀はもごもごと口ごもる。立つ瀬がないといった様子を見てしまうと、唇の隙間から、ふっと笑う吐息が漏れた。

「冗談だよ。それなりに楽しいぞ、教員。真面目《まじめ》にやってりゃ、波風も立たねえ、不平や不満も少ねえし、人生設計もしやすいし」

「ふうん……そういうもんかな」

「そういうもんだよ」

ただ考えが甘かったと知ったのは、支倉が養護教諭の資格を取り、大学を出るころだった。

中学受験に失敗して以来、生家はあまり居心地のいいところではなくなった。父や祖父が出た医学部に弟が合格してからは、いっそうその傾向は強くなった。

学校を出たばかりだった支倉のもとには、見合いの話が舞いこむようになっていた。支倉の家が、家を継ぐべき長男に、医師以外の仕事を許すはずがなかったのだ。

医者にならないのであれば、製薬会社の家にでもやってしまえ、それなら利用価値もあろうと考えられていたのだろう。だが、ゲイの自分が結婚なんかしたところで、皆が不幸になるだけだ。

「親の役に立てねえってのは、きつかったけどな」

今どきめずらしいほどに、凝り固まった家族だった。なんだか可笑《おか》しくなっていると、湖賀は反対に顔つきを険しくした。

「そんなことまでされてんのに、役に立とうとかしなくてよくねえ？」

「そういうことじゃねえんだよ。子どもってのは、親に好かれようとしてがんばるもんだ」

支倉が、養護教諭になることを選んだのは、白衣の記憶があったこともある。

記憶の中の養護教諭は、総じて白衣を身につけていた――幼いころ、母にねだって連れていってもらった病院で、頭を撫でてくれた父と同じに。

ところが湖賀は、苦しいような顔をして、反論の意思を見せる。

「おれは別に、好かれたくもねえけどな。どんな親かにもよるんじゃねえの」

湖賀のその表情には、引っかかるものがあった。支倉の眉もわずかに寄る。

――こいつ、やっぱり親となんかあるな。

「……認められねえうちは、おまえもまだ子どもだよ」

疑惑はひとまず飲みこんで、黒髪の頭をぐしゃぐしゃにかき回す。湖賀は「わっ」と声を上げ、大人しくなった。

自分で今言ったとおり、あのころの自分は、親に好かれたかったのだろう。しかし興信所の調査報告を見た父は、烈火のごとく腹を立てた。

――育ててやった恩も忘れたか！

あんまりな怒りように、母はすっかり怯えていた。

支倉も、母を悲しませるようなことを進んでしたかったわけではない。謝って済むなら、と支倉は、居間の絨毯《じゅうたん》の上で土下座した。

その肩を容赦《ようしゃ》なく蹴り飛ばされて、支倉は背後の花台にぶつかった。

大きな音を立てて花瓶《かびん》が割れ、花びらが散った。母の好きな薔薇だった。衝撃に閉じていた目を開けると、母の悲鳴が聞こえた。眼前に、父の拳が迫っていた。

とっさに目をかばおうとしたのだろう。後手を突くと、手のひらが着地したのは割れた花瓶の上だった。痛みに手を引いたところで、父の拳が振り下ろされた。支倉は、花瓶の破片が散らばる床に、まともに顔から倒れこみ、額を切った。額の傷からは、面白いように血が噴《ふ》きだした。映画でも見ているようだった。

支倉は、目の上の傷に手をやった。今でも天気の悪い日は、しんと痛むことがある。

あの日、自分の血で汚れた絨毯が、どうなったのか支倉は知らない。その傷を受けた日のうちに、父に出ていけと宣告されたからだ。

「実家とは、それっきりだ」

支倉は、飲み干してしまったカップを持って、席を立つ。空のカップをシンクに置くと、ことりと乾いた音がした。

「……寂しくねえの？　家族と、別れることになって」

湖賀が、あどけないことを訊く。

「いや？　もとから俺は、こんなもんだったから」

支倉は、ごく小さな嘘をついた。

割れた花瓶は、まだ小学校に上がったばかりのころの母の日に、父と弟、そして支倉とで、母に贈ったものだった。公園に行くと息子ふたりを連れだして、「母さんには内緒《ないしょ》にしておけよ」と言った父の愉《たの》しげな顔を、支倉はまだ思いだせる。

家族が、幸せだったころの話だ。

記憶が新しくなるほどに、父は渋面《じゅうめん》を作ることが多くなり、母は泣き顔ばかりになった。優秀な弟は、自分と目を合わせなくなった。そうなってしまったのはすべて、支倉が、彼らの期待に応えられないせいだった。

「先生も、医者になれたらよかったのにな」

支倉を気遣っているのか、湖賀は神妙な顔で言った。

「どうだか。俺にはたぶん、保健室の先生のほうが性《しょう》にあってるよ」

失意の末に就いたとはいえ、養護教諭の仕事には適性を感じることが多かった。

保健室には、身体に、心に傷を抱えた生徒たちがやってくる。

受験の不安に潰されそうになっている生徒、将来に希望が持てず、無気力になっている生徒。ほどよく明るく可愛らしいのに、クラス全員から無視され続けている生徒。

高校生といえど、まだ未成年だ。子どもなのだ。

それなのに、どんな生徒も、制服の下に、なんらかの傷を隠して生きている。

抱えた傷を見せないように、笑ってみせる努力や孤独は、支倉にもよくわかる。だからせめて、目の前の生徒には、学校にいるひとときだけでも、寄り添い、向きあっていてやりたかった。

「——喋りすぎたな」

支倉は、しおらしく座る湖賀を見てまなじりを下げた。

「俺は仕事に戻る。おまえももう寝ろ」

「うん……」

飼い主に従うように、湖賀はこくりとうなずいた。

自分のことを話すなんて、ずいぶんひさしぶりだった。

しかしこうして話してみると、家族という重圧の中で苦しんでいたあのころから、距離を取れたことがわかる。今、自立している自分は、自由なのだと思うことができた。

——話して楽になることもある。

自分の言葉に納得させられたかたちになって、苦く笑う。いつのまにか肩に載せていた荷が、軽くなったようだった。

それにしても——と支倉は思う。

目の前で、大きな体を縮めているのは、恋人のように心を許した男ではない。ましてやここは、白昼の学校だ。酒に酔った勢いからといったものでもなかった。それなのに、どうして誰にも話すことはなかった心のうちを、話すつもりになったのだろう？

「……二年になるとき、加南子が急に『保健委員になる』って言いだしたの、わかる気がする」

湖賀がぽつりと呟いた。

「相原が？」

「うん。それまではあいつ、委員会入るとか、そんなこと言うやつじゃなかったから」

湖賀と相原は、もともと同じ友人グループにいたらしい。つきあいはじめたのは今年の春休みの終わりだというから、今から八ヶ月ほど前の話だ。

「あいつ、一年の終わりに、ちょっと女子のあいだでハブられてたことがあってさ」

「——ああ、聞いてる」

支倉はうなずいた。

相原は、一年生の最後の半月ほどを、保健室で過ごしたことがある。保健室登校というやつだ。湖賀の言うとおり、相原は、クラスで軽いいじめのようなものに遭《あ》っていた。

「二年生になってクラスが変わったら、そんなこともなくなったらしいんだけど。つらかったとき、保健室の先生がずっと話聞いててくれたからって、嬉しそうに言ってたよ。先生のことだったんだ」

湖賀はへらりと笑うと、まるで泣きだす寸前のような顔をした。支倉がはっとした刹那、湖賀は顔を背《そむ》けてしまう。

——話してくれ。

純粋に、彼にそんな顔をさせる原因を取り除いてやりたかった。

我知らず、湖賀に触れようとしかけた、そのときだ。

「この傷、喧嘩《けんか》でできたっての、嘘」

湖賀は大きく息をつくと、パイプ椅子の背もたれに体を預けた。

若い体軀《たいく》を受け止めた椅子が、ぎしりと軋む。

「おれさ、新宿のバーでバイトしてんの。三丁目と二丁目の境《さかい》のへんにある店、友達の知りあいから紹介されて。あ、学校には言わないでね」

「それはまあ……いいけどな」

アルバイトは、特別な許可がない限り、校則で禁止されていたはずだ。嘆息したくなったが、聞かなかったことにしようと腹を決める。今、この場で、自分が取り沙汰《ざた》すべき問題はほかにある。

「それにしたって、おまえ、まだ十七だろ。バーでバイトって、大丈夫なのか」

教師ではなくても、それは心配するだろう。支倉が訊くと、湖賀もそれを理解したようで、眉尻を下げて笑う。

「店では、二十歳って言ってる」

「雇《やと》い主にもか？」

「だって、仕方ねえだろ。コンビニだってファミレスだって、二十三時過ぎたら働けねえ。深夜、正面から十七ですって言って、雇ってくれるとこなんてねえんだよ」

支倉は言葉に詰まった。膝の上できつく握りしめている湖賀の拳が、細かく震えている。

「なんで、そんなこと……」

刺すような沈黙のあと、湖賀はぽつりと、「金がなくて」と言った。

「——金？」

「最初はさ、妹の、修学旅行の小遣い持たせるためにバイトしたんだよ。一日だけ」

聞けば彼の家は、看護師の母と湖賀、小学校六年生の妹の、三人暮らしなのだという。

「おれが七つのときに、両親が別居することになったんだ。それ以来、親父には会ってなかった。次に親父に会ったのは、おととしの年末だったかな。おれたちの今の住所、どっかで嗅《か》ぎつけてきたらしくて……こうなるってわかってたから、母ちゃんだって、実家の親も頼らずに、女手ひとつでおれたちを育ててきたんだ。それなのに」

湖賀の顔が、苦々しく曇っていた。父親との再会を思い返しているのだろう。

「平日の夕方で、まだ明るかったよ。インターフォンが鳴ったから、宅配便かなと思っておれが出たら——あいつ、そんな時間から酔っ払ってやがんの」

「八年ぶり、だったんだよな」

「そう。あんまりに顔見てなかったからさ、最初は誰だかわかんなくて。そしたら、夜勤明けで家にいた母ちゃんが出てきて親父だって言われて、やっとわかったくらい。そのとき、あんまり騒ぐもんだから、母ちゃんが金握らせて帰らせたんだよ。それに、味しめちゃったらしいんだよね」

父親は、それからたびたび、湖賀が傷を負うに至るまで、金の無心《むしん》に来るようになったという。

「ここのところ、やたら多くてさぁ……母ちゃんの稼ぎにだって限界があるだろ。母ちゃんはなんにも言わねえけど、おれだってもう子どもじゃねえし、金がねえのくらいわかるよ。妹だって、そろそろわかってるんだと思う。修学旅行で持っていく小遣い、母ちゃんに、少ない額でねだってたんだよ」

「それで……バイトして、妹に小遣い渡してやろうかって？」

「うん。深夜だし、バイト代もよかったんだ。母ちゃんも賛成はしないだろうから、最初は一日だけのつもりだった」

寝不足と怪我の原因に納得するが、なんと声をかければいいかわからない。

「おれが、どうにかしなきゃいけねえんだよ。もう少し稼げたら、親父が母ちゃんや妹に手ぇ上げることもなくなるはずなんだ」

支倉は眉をひそめた。父親が、母親や幼い妹にも手を上げるのか。

「頼むよ先生」

業《ごう》を煮やしていると、湖賀の声が聞こえて意識を戻す。

「家のことやバイトのこと、ほかの人には言わねえで」

「ああ——それは、約束する。口外しねえ」

「……ありがと」

湖賀は笑った。信じられないくらい、弱々しい笑顔だった。

気がつけば支倉は、湖賀の黒髪に手を伸ばしていた。

くしゃりと髪を撫でてやる。湖賀はびくりと体を揺らして支倉を見る。

泣いているのかと思ったが、泣いてはいないようだった。——否《いな》、支倉は知っている。もう、上手《うま》く泣けもしないのだ。

「……この傷もさ、親父なんだ」

涙のかわりに、湖賀の口から言葉がこぼれた。

「先生の傷と一緒。親父なんだ、これ、やったの」

湖賀は額を起こすと、さっき支倉がやってみせたのと同じように、手のひらで前髪をかき上げ、額の傷をこちらに見せた。

「十年くらい前かな。なにがあったんだか知らねえけど、親父のやつ、妹が自分以外の男の子どもなんじゃねえかって言いだしたことがあって」

まあ、ただの思いこみだったんだけど、と湖賀は続けた。

「おれが七つだったから、妹は二歳か。おれだって小学校上がったばっかりだったし、親父が怒鳴っててもびびってるだけだったんだけど……母ちゃんと妹に手ぇ上げたときには、さすがになにが起こってんのかわかったから。これはダメだ、止めなきゃって、そう思って」

ほら、日曜の朝、特撮やっててんじゃん、と湖賀は宙を指した。

「おれも小っちゃかったから、正義の味方気取りだったんだろうな。親父と、妹抱いた母ちゃんのあいだに突っこんでいったわけ。で、見事親父に吹っ飛ばされて、テーブルの角に激突」

湖賀はすとんと肩を落とすと、傷を隠すように前髪を引っ張る。

「おでこの傷って、思ったより血、出るんだね。手とか床とか、もうホラーみたいに血まみれになってさ。なんか、おかしかったな。さっきまで怒鳴り散らしてた親父が、『やべえ』って顔してんの。ほんと、すげえ血だったんだよ。母ちゃん、それ見て別居しようって決めたらしくて——せっかく母ちゃんが苦労してくれてんのに、変わんねえよな、これじゃ」

右手をひらひらと振って、湖賀は眉尻を下げた。

もしかすると、と支倉は思う。

勝手な想像かもしれない。けれど湖賀は、自分が血を流しさえしなければ、家族は壊れてしまわなかったのだと考えているのではないか。

想像と、実際に自分が味わった感情の境が曖昧になる。

家族が上手くいかなくなってしまったのは、自分のせいだ。自分さえ我慢すれば、家族はもとどおりになれる。——家族の幸せを壊してしまったのは、自分だ。

「……湖賀」

支倉は、どうして彼のことが気になったのか、その理由がわかった気がした。

「なに？」

諦めきったような顔が、無邪気を装い首を傾げる。

支倉は、とんとん、と保健室のテーブルを指先で叩いた。

「おまえ、今後ちょっとでも怪我したら、ここに来いよ。俺んとこに来い」

「へ？　なんで？　看《み》てもらうほどの怪我じゃねえし」

湖賀は温度の低い声で言うと、わずかに身を引く。

「違う」

引いた湖賀を追いかけるように、支倉は椅子を彼のほうへと寄せた。

「おまえはな、ここが怪我してんだよ」

支倉は、右手を湖賀の胸に当てる。

ちょうど手のひらの下のあたりに、とくん、とくんと打っている、心臓の鼓動《こどう》が感じられた。湖賀はこうして、生きている。ちゃんと、幸せになる権利がある。

「心はな、傷ついても、血が流れねえんだ。だから傷ついているのが、本人にもわからねえ。おまえは今、体の外側だけじゃなくて、内側も傷ついてんだよ」

「……でも」

湖賀は、怯んだように顔をそらした。

受け入れてもらえるかもしれない、そう思えるチャンスがあっても、飛びこむことは不安なのだろう。支倉も、湖賀と同じだから知っている。

自分たちは、幼いころ、守ってくれる腕の存在を覚えることができなかった。だからいい大人になっても、広げられた胸を見て、全幅の信頼を寄せることができずにいる。

「――先生、なんでそんなに、おれのこと気にしてくれんの？」

湖賀はやはり、頼りなげな様子で支倉に目を戻した。

仕方ねえな、と支倉は、湖賀の胸から手を離す。

「おまえさ、今ここで、毒飲んでるやつ見たらどうする」

「なに？　いきなり」

「いいから。誰かが、劇薬だって知らねえで毒の瓶に口つけてたらどうする？」

「意味わかんねえけど、そんなの、吐かせるに決まってんじゃん」

「だろ？　見ず知らずの人間だって助けてやろうと思うんだ。受け持ってる生徒なら、なおさらだ」

本当は違う。湖賀に自分と同じものを感じていたから、助けてやりたいと思ってしまった。

けれどそのことは、支倉だけの胸に仕舞っておく。生徒に言っていいことではない。

「だからおまえも、弱みを見せるのが負けだなんて思わなくていい。俺は仕事として、人として、やるべきことをやるだけだ。おまえ、母ちゃんと妹に頼りにされてんじゃねえか。おまえが折れちまったら駄目だろう」

言いながら支倉は、自分が望んでいたものを理解していた。

家族の期待に応えたかった。自分を認めてほしかった。――自分を、愛してほしかった。

支倉に、家族はもうない。湖賀に対する振る舞いは、公私混同だとわかっている。

だが、湖賀が家族を守り、幸せになれる可能性があるのなら、どうにか助けてやりたかった。支倉にも、自分さえ我慢すればと考えて、それを続けていくことの難しさは、痛いほどよくわかる。

湖賀は、うつろに視線を彷徨《さまよ》わせた。今までひとりで耐えてきたのだ。寄りかかっていいと言われても、どうしていいのかわからないのだろう。

支倉は立ち上がり、処置台の引き出しを開けた。絆創膏《ばんそうこう》を一枚取りだすと、その裏に、ボールペンで自分の携帯電話の番号を書きこむ。それから、もう一度湖賀の隣に腰を下ろすと、絆創膏を彼のほうへと差しだした。

「これ、怪我したときに使え」

――心でも、身体でも、おまえが傷ついたとき、ひとりじゃないことを思いだせ。

言外《げんがい》の意味が、伝わるかどうかはわからなかった。

携帯の番号なんて、同僚の教員にも安易には教えない。学校を離れたプライベートに、介入されたくないからだ。

支倉は、自分の行動に内心驚いていた。こんなにも、この生徒を放っておけなくなっている。

湖賀は、呆然と絆創膏を見つめていた。支倉がじっと辛抱していると、震える手が伸びてきて、絆創膏を受け取った。その瞬間、湖賀の顔が、くしゃりと歪《ゆが》む。

支倉は、湖賀の頭に手を置くと、ぐいと下を向かせた。

また少し伸びた前髪が、彼の目もとを覆い隠す。前髪の向こうから、リノリウムの床にほとりと雫《しずく》が落ちた。次々とこぼれる涙は、床の上で踊るように弾《はじ》け散る。支倉は、抱き寄せてやりたいという衝動に駆られた。

「――つらかったな」

突き上げてくるものをやり過ごし、ぐしゃぐしゃと髪をかき回してやる。と、その手を湖賀に摑まれた。はじめて触れてきたときのような、攻撃的な力ではない。すがるような稚《おさな》い仕草に、胸を絞られる心地がした。

支倉は結局、摑まれているのとは逆側の腕で、湖賀の背中を抱き寄せた。あやすように叩いた背中は、自分よりもよほど広いのに、頼りなく小さく震えている。

支倉は、寄りかかってくる体温を受け止めた。

窓の外では、曇天《どんてん》の風が裸の梢《こずえ》を揺らしている。閉めきった部屋はあたたかく、枝を鳴らす風の音さえ、ふたりの耳には届かない。

白衣の中に着たシャツの、胸もとがしっとりと濡れていく。しがみつく生きもののあたたかさ、鼻を埋めた髪のにおいに、支倉まで涙が出そうになって、少し困った。

ひとりの生徒を特別扱いするようなことが、あっていいはずがない。

そんなことはわかっているのに、湖賀のことをほかの生徒とは平等に見られなくなりそうだった。

「あ、支倉せんせー！」

放課後、渡り廊下を歩いていると、背後から大きな声で呼ばれた。声のほうに目をやると、学校の敷地の北側、薄暗くなりはじめた正門の近くに、数人の生徒の集団がいる。

その中心で、ぶんぶんと手を振っているのは湖賀だった。

相原や、知った生徒の顔もいくつか見える。友人たちで、連れ立って帰るところなのだろう。

「先生、お疲れー。仕事終わったー?」

「終わるわけねえだろ。たむろしてねえで、さっさと帰れ」

距離があるので、支倉も間延《まの》びした声で答えた。

「そーゆう言いかたしなくってもいいじゃん!」

湖賀が声を上げると、まわりの生徒が「また振られた」と上機嫌で囃《はや》す。湖賀がことあるごとにこうして支倉に声をかけるので、相原を差し置いてそういうことになっているらしい。相原もけらけら笑っている。湖賀は湖賀で、「なんだよー」とは言いながら、取り立てて落ち込んだ様子も見せなかった。「また明日なー!」と満面の笑みで、もう一度こちらに手を振る。

「気をつけて帰れよ」

生徒の一団は、のろのろと移動をはじめた。彼らが校門を出ていってしまうころには、空はすっかりその色を変えている。

十二月に入ってから、日が落ちるのがずいぶん早くなった。グラウンドからはまだ運動部の声が聞こえているのに、校舎に灯《とも》るあかりを仰ぐと、夜の港で客船を見上げているような気分になる。

つめたい空気に、額の傷がしくりと傷んだ。

同じく額に傷を持つ湖賀は、二週間ほど前、保健室で涙を見せて以来、今日のように支倉を見つけると、気安く声をかけてくるようになった。

保健室には、一週間に一度顔を出す程度だ。その回数は、明らかに減っていた。目立ってひどい怪我をしてくるようなこともなく、電話番号を書いた絆創膏は、まだ使われてはいない。いざというときに頼れる保険があれば、ひとまず気持ちは落ち着くものだ。湖賀にとって、あの絆創膏が、そういう役目を果たすものになったのならいいと思う。

そう思ってはいるものの、湖賀が先ほどのような笑顔を見せていることに、一抹《いちまつ》の寂しさはあった。高校生が友人に囲まれ、明るい顔をしているのだからいいことだ。いつもと同じはずだった。保健室で元気を取り戻した生徒は、自分がもといた場所に戻っていく。

そうでなくても湖賀は、大切なものを――家族を守る強さを持っている男だ。逃げているだけの自分とは違う。

湖賀ならば、きっと父親の問題も、自分の力で解決していくだろう。自分はもう、湖賀の人生に必要ない人間なのだと、少しくらい、感傷的になるのは仕方がなかった。

「どうした？」

そっと肩を抱き寄せられて、はっとした。

ちょっとした胸の痛みを誤魔化すには、誰かと肌を重ねるに限る。そう考えて、夜の街に出かけてきたのだった。

こちらの顔を覗きこむ男は、今夜の相手になる男だ。

「——いや、別に」

意気投合して、店を出ようかと相談していたところだった。いつもなら高揚《こうよう》している瞬間だが、なんとなく気乗りしなくて、つい携帯ばかり見てしまう。

「電話、気にしてるね。さっき話してた、教え子からかかってくる？」

「……かかってこねえよ。いいんだ、かかってこないほうが」

「ほんとか？」

男は支倉の肩を抱いたまま、可笑しそうに身体を揺らした。

「寂しいんじゃないのか。電話、かかってこなくて」

「——寂しい？」

言葉がすとんと腑《ふ》に落ちる。

自分は寂しがっているのだろうか、湖賀からの電話がかかってこなくて？

そんなことがあっていいはずがない、と思いながらも、どこかで納得してしまう。

自分は、湖賀からの電話を待つようになってしまっているのだ。

「馬鹿言うなよ、教え子だぞ？」

彼に言っているつもりで、支倉は自分にも言い聞かせていた。湖賀は、教え子だ。

「余計なこと考えてる暇《ひま》があるんなら、もう行くぞ」

男を促《うなが》して、支倉は飲んでいた店から出た。手近なホテルへと向かいながら考える。

湖賀だって高校生だ。養護教諭に電話をかけなくてはいけない事態など、ないほうがいいに決まっている。友人に囲まれ、家庭にも問題はなく、元気にやっているのなら、それに越したことはない。

連絡は、ないほうがいい。

そう思っていた——はずなのだが。

支倉の電話が鳴ったのは、その男と、まさにホテルに入ろうとしていたときだった。

「……？」

支倉は、ポケットの中で震える携帯を開いた。

発信者は、名前を登録していない番号だ。今のところ、支倉に電話をかけてくる知らない番号の心当たりはひとりしかない。

「もしもし？」

男がそばにいるにもかかわらず、ほとんど無意識のうちに電話に出ていた。

携帯を耳に当てると、低い声が鼓膜《こまく》に触れる。

『……先生？』

掠れた声に、胸がすうっと冷えていった。受話口の向こうにいるのは、予想したとおりに湖賀だった。電話番号を書いた絆創膏は、「怪我をしたときに使え」と言って渡したのだ。

「おまえ——どうした、こんな時間に」

そう言った自分の声は、焦っていた。

『あ……そうか、夜中だよね。ごめん、寝てた？』

ひどく憔悴《しょうすい》しているようなのに、声は明るくそう言った。

「いや、寝てねえ。なにかあったか」

『ううん、とくになにも。先生、どうしてるのかなって思っただけで』

電話の向こうで、救急車のサイレンの音が大きくなる。

湖賀の声がしない受話口は、サイレンの音でいっぱいになった。鼓膜を裂くような音量が耳もとを通り過ぎ、すぐ近くで止まる。車のドアの開く音と、人の声がする。

「——湖賀、おまえ、どこにいる」

『え？　近所だよ。ちょっと散歩』

「ちょっとそこまで、って声じゃなかっただろ。どこにいる」

『やだな、先生。心配してくれた？　ごめんって。ほんと、ちょっとかけてみただけだから。じゃあ明日、学校で――』

「馬鹿野郎、どこにいる！」

こちらの声量に、湖賀が息を呑《の》むのがわかった。

こんな声が出る自分に、支倉自身も驚いてしまう。支倉が目をまたたいているうちに、湖賀は小さな声で、とある沿線の駅名と、病院の名前を告げた。

「病院、おまえがかかったのか」

支倉は、かたわらで様子をうかがっていた男に「ごめん」の仕草で謝って、携帯を持ち直した。

『ううん……母ちゃんと、妹が。おれは、ちょっとだけ』

「わかった。すぐ行くから、おまえはまわりに人のいる、明るいとこにいろよ」

『そんな、いいよ。そういうつもりで電話したんじゃねえって。すぐ切るつもりで』

「ちょっとでも怪我したら、俺んとこ来いって言っただろ。動くんじゃねえぞ、そこで待ってろ」

言うなり支倉は、湖賀の反論を許さず電話を切った。男には、教え子が事故に遭ったと適当な言い訳をして、タクシーを拾う。

湖賀が電話してきた病院には、二十分ほどで着いた。

夜でも煌々《こうこう》と明るい救急受付、その前の植えこみの縁《ふち》に、湖賀は大きな身体を折りたたむようにしてうずくまっていた。雨上がりのアスファルトはまだ濡れている。くるくると回る赤色灯《せきしょくとう》が水たまりに反射して、視界のあちこちでちらちらと揺れた。

「……先生」

近寄ってくる足音に気づいたのだろう、湖賀は顔を起こして、こちらを向いた。

口の端に、白いガーゼを貼られている。

「……湖賀」

「ごめん、こんな時間に」

湖賀は立ち上がろうとして、つんのめるように前へバランスを崩した。支えようと手を出すと、やんわりと押しのけられる。彼は自分の足で立つと、「大丈夫」とへらりと笑ってみせた。

はじめて見る私服姿は、パーカーにダウンジャケットを羽織《はお》ったカジュアルなものだった。

そのグレーのパーカーに、点々と血がついているのが夜目にもわかる。ガーゼが貼ってある口は上手く笑えておらず、目は片方だけ不自然に充血していた。

「心配かけるつもりなかったんだけど、そりゃそうだよね。大丈夫、ひとりで帰れるから」

「お母さんと、妹さんは」

「母ちゃんは手当てしてもらってて、妹にケガはないよ。入院するほどじゃ全然ないんだけど、今日は泊めてもらうって。ここ、母ちゃんが勤めてる病院なんだよ。母ちゃんも先生たちも、朝までいろって言うんだけど、おれまで世話になるわけにはいかねえからさ」

湖賀はダウンのポケットに手を突っこんで、ふらふらとその場を離れようとする。

「先生も、休みの日に呼びだしちゃってごめん。って、なんも埋めあわせとかできねえけど」

「おい、湖賀、どこ行くんだ」

馬鹿なことを訊いた、と思ったときはもう遅かった。

湖賀は、ゆっくりと支倉のほうを振り返った。

「家のほかに、どこがあんの？」

こちらに身体を向けた湖賀は、支倉を見てはいなかった。昏《くら》い瞳に、回る赤色の灯《ひ》が揺れている。

支倉はごくりと唾《つば》を飲み、そうだ、となぜかすっぽり抜け落ちていたことを思いだす。

いくら身体が大きくても、感情を上手く殺せても、湖賀はまだ高校生だ。

どんなに厳しい状況にあっても、自分の足で、望むところへ行く力はない。日々は抜けだせない牢《ろう》獄《ごく》だ。そんなことは、自分が一番、よくわかっていたはずなのに。

なにも言えずにいるうちに、湖賀はまた、へらりと笑った。

「……ごめんね、先生。迷惑かけて」

それは拒絶の言葉に聞こえた。

誰でもいい、誰かに助けてほしい――支倉が生家にいたときと同じ心中を、湖賀は自分に向けてくれた。けれどそれを、支倉はすぐに理解しきれなかった。大人になるということは、鈍くなるということだったのか。

「湖賀！」

気づいたときには、叫ぶように呼んでいた。

離れかけていたその腕を摑み、こちらを向かせる。

「迷惑なんかじゃねえよ。——悪かった」

「……なにが？」

湖賀は笑みのかたちに顔を歪めた。

「先生はなんにも悪くねえよ。おれが電話したから、来てくれたんじゃん。悪いのはおれだよ」

「違う、そうじゃない。おまえは悪くねえ」

傷のないほうの湖賀の頰に、そっと手を触れる。肌はすっかりつめたくなっていた。こんなに暗くて、寒いところに、湖賀はずっとひとりでいたのだ。

「怪我したら、俺んとこに来いって言ったろ？　おまえはそれ、ちゃんと守ったんだもんな」

支倉は、湖賀の身体を引き寄せた。ダウンジャケットに額が触れる。布地から、つめたい冬のにおいがする。

「——ひとりにして、悪かったよ」

「……先生」

湖賀の声が揺れた。支倉は、湖賀の身体に回した腕に、励ますように力をこめる。

「俺んとこに帰ろう、な」

支倉の胸で、凍えた生きものが震えている。

あたたかいところへ、連れていってやりたかった。それが自分に、できることだというのなら。


支倉の部屋に上がると、湖賀はものめずらしそうにあたりを見回した。

「なんだ。実家金持ちだっていうから、もっといいとこ住んでんのかと思った」

「勘当されたって言っただろ」

湖賀の言うとおり、社会人も五年目だというのに、支倉はいまだ、就職するときに住み替えたアパートにそのまま住んでいた。ささやかな城は、玄関を開けると、廊下沿いの左手がキッチン、右手がユニットバス、廊下の突き当たりが六畳の居室とベランダ、それっきりだ。

誰かを招くことはめったにないので、家の中はそれなりに散らかっていた。湖賀に「適当に座ってろ」と声をかけつつ、あたりのものをクローゼットに押しこむ。

湖賀はその後ろで、ローテーブルの前に腰を下ろし、ソファを背もたれにして部屋を見渡した。

「へえ、先生、けっこう本読むんだね」

湖賀の視線は、壁際の本棚のところで止まっている。

「積極的に出かける趣味もねえからな。休みの日は、映画か本だな」

「ふうん、見ていい？」

「ああ」

湖賀は腰を上げると、さっそく本棚を検分しはじめた。その目の中に、病院で見せた失望はもう見えない。人心地ついた気がして、支倉は廊下に出た。

冷凍庫を開けると、ありったけの氷をビニール袋に詰めて、タオルで包む。

帰りのタクシーで聞いたところによると、口の横だけでなく、服の下にもいくつか打ち身があるらしい。念のためCTやレントゲンも撮ってもらったが、どちらも異状はないそうだ。口内も切れているようだが、縫《ぬ》うほどではない。

炎症止めを処方されていたので、食事ができるかと訊いたら、腹が減ったと返ってきた。

ずうずうしく笑う顔は、あえて見せてくれたのだろうと思う。こんなひどい目に遭ってまで、まわりに気を遣う湖賀が痛々しかった。支倉はつい、タクシーを途中で停《と》めて、近所にある二十四時間営業のスーパーで、うどんの材料を大量に買いこんだ。

湖賀を風呂に入れ、口もとに氷嚢《ひょうのう》を当てさせているあいだに、買ってきた材料を調理する。

海老天《えび》にかき揚《あ》げ、卵にわかめと思いつく限りの具材を買ったので、変に盛《も》りがいいうどんになった。口の傷を刺激しないよう、ぬるめに冷ましてみたのだが、この具の量では意味がない。

ところが、そんなことは気にもならないらしい育ち盛りは、風呂から上がってくると箸《はし》を取り、「いただきます」と目を輝かせた。貸したTシャツとスウェットが、小さく見えるのが腹立たしい。

湖賀は口に入れたものが傷に触れるのか、最初こそ食べにくそうにしていたものの、見るまに大盛りのうどんを平らげた。出汁《だし》を最後まで啜《すす》ってしまうと、ふうっと大きく息をつく。

「ごちそうさま。——ありがとね、先生」

ごめんね、と言われなかったことに安堵《あんど》して、支倉は「薬、飲んどけよ」とミネラルウォーターのボトルを差しだした。湖賀は素直に、錠剤を口に入れている。

その姿を見ていると、支倉は不思議な気分になった。

湖賀に、なにかを誤魔化すような態度を取られると、そのままにしておけない。素《す》の表情を見せられると、胸があたたまるような心地さえする。ほかの誰にも持たない感覚だった。支倉がプライベートな空間に、仕事先の人間を入れたのもはじめてだった。

「なに、先生。おれの顔、なんかついてる？」

知らず、湖賀の顔を凝視《ぎょうし》していたらしい。

湖賀はぱちぱちとまばたきをして、支倉を見返した。

「……いや」

「なんだよ、緊張するじゃん」

気が抜けたようにふはっと笑うと、湖賀は「あーあ」とソファに上半身を仰向けた。

「今日はさすがに、隠しきれなかったなあ。母ちゃんの同僚の看護師さんも、すっげえ怒ってたし」

「――お母さんの具合は」

「大丈夫、突き飛ばされて捻挫《ねんざ》しただけ。……今日は親父、どこで飲んできたんだか、やたら酔っててさ。妹にまで手ぇ上げようとしやがったから、かっとなって殴ってやったんだ。そしたらさ、思いっきり殴り返してきやがんの。おまえの酒代稼いでる顔だっつーの、なあ」

湖賀は、あまり感情を含まない声で続けた。

「口ん中の傷、けっこう血が出たし、頭打ってたから、母ちゃんが心配して……病院の先生も看護師さんたちも、もう見てらんないってさ。警察に通報しようって話になったんだけど、母ちゃんが泣いてやめてくれって言うから、今日はとりあえず病院で休ませるって」

湖賀の唇の端が、笑うかたちに吊り上がる。

「――どうなっちゃうんだろ、おれの家」

地面にころりと放られたようなその言葉は、どこにも行けず、どうにもならない湖賀の心境を、そのまま映したようだった。

「……なあ、湖賀」

ローテーブルの角を挟《はさ》んで、支倉は湖賀の顔を見た。片側だけ引きつった口の端に、胸中の嵐が見える。偏《かたよ》って充血していた目も、今はまんべんなく赤かった。

支倉は、いつか保健室でしたように、湖賀の胸に手を当てる。制服のシャツより薄い布地は、湖賀の高い体温と、若すぎる肉体の切《せつ》ない呼吸を、より鮮明に伝えてくる。

「ここに、傷あるだろ。見せてみろ」

湖賀は動かなかった。腫れたように目縁《まぶち》が赤い。

「俺はおまえを、ひとりにしたくねえんだよ。どうしたら治してやれる？」

ゆっくりと湖賀がこちらを向いた。その瞳に、彼を見上げる自分が映る。

支倉は、自分は今、こんな顔をしていたんだと感じ入らずにはいられなかった。

黒い瞳に映るのは、孤独な自分の顔だった。

自分の胸のうちなんて、わかってもらえるはずがない。けれどそれでは苦しくて、わかりあえる誰かを探していた。頼りない表情は、自分を映す瞳の持ち主――湖賀に、こんなにもよく似ていて、だからこそ、この男を理解してやりたかったのだと気づく。

睫毛の影がまたたくと、寂しげな自分の姿は、透明な雫になって崩れ落ちた。

空気が動いたのは、そのときだった。

「……っ」

前触れもなく、湖賀は支倉の首に掻きついてきた。

フローリングに後頭部と肘をしたたかにぶつけ、支倉は低く呻《うめ》く。けれどすがりつく腕の力に、痛みはすぐに四散する。

思ったよりも厚い身体に、支倉はそっと腕を回した。とん、とん、と背中を叩いてやると、大きく息を吸った身体が震える。鼻先を埋められた首すじに、熱く湿った吐息がかかる。

「――ずっと」

湖賀が言った。

「……うん？」

「ずっと、守ってたつもりだったんだ。でも全然駄目だった」

大きな背中を撫でながら、支倉は言った。

「ひとりっきりで、家族を守ってたんだよな。偉かったよ」

「でも、またおれのせいで……」

「おまえのせいじゃねえよ。おまえのおかげで、今日まで無事でいられたんだろ」

支倉は、左腕で湖賀を抱いたまま、右手でその額の髪を分ける。そこにある傷痕を、愛おしむように指先でたどる。

「ちゃんと守れてる。大丈夫だ」

「――」

取りすがる腕は、より強く支倉に巻きついた。潰されそうに抱きしめられて、支倉は、久しく意識しなかった、自分というものの存在を感じる。

「……先生」

身体を少し離した湖賀が、どうしようもない声で支倉を呼んだ。

湖賀の大きな手のひらが、支倉の額の髪をかき上げる。

縫い痕に唇で触れられると、胸の奥が甘くよじれた。手のひらで耳を覆われ、親指の腹でこめかみを擦られて、近づいてくる唇を拒めなかった。

見た目よりも弾力のある唇は、こわごわと一度触れて、すぐに離れた。けれどまばたきのあいだを待たず、裏側の粘膜《ねんまく》で食《は》むように吸いついてくる。

「ん……っ……」

唇の隙間から、厚みのある舌を差しこまれた。角度を変えてより深く、舌を絡《から》めて吸われると、相手は生徒だという認識が淡くなる。それよりも、すがりついてくる男の力と、触れる人肌のぬくもりが、鮮烈に支倉を襲っていた。

「……先生」

耳殻《じかく》を揉まれ、口腔《こうこう》を貪《むさぼ》られるようなくちづけの合間に、熱っぽいささやきが落ちる。

「――好きだよ。好きだ……」

まずい、と背筋が冷えたのは一瞬だった。

ぴったりと抱き寄せられて、息を奪われる。そうするともう、理性を保つのは難しかった。

胸が、泣きたいように熱くなる。身体の内側から湧《わ》く熱で、輪郭《りんかく》がとろけだし、自分のかたちが保てなくなる。子どものように高い湖賀の体温に、融《と》かされる。

子どもなんだ、と支倉は、誰にするともなしに言い訳をした。湖賀はまだ、泣けない子どもだ。放っておくと、こいつは壊れてしまうから。

――けれど。

「好きだ……先生……」

先生、という甘い呼び声に、現実が蘇《よみがえ》る。

どれだけ見ないふりをしたところで、湖賀は自校の生徒なのだ。

夕立のように降る湖賀のキスを受けながら、まだ引き返せる、と考える。

生徒に頼りにされたことに、自分は舞い上がっているだけだ。手懐《てなず》けようとした野良犬が、腹を見せたから嬉しいだけ。特別になんて、感じてしまっているわけじゃない。

断じて違う。そんなことがあるはずがない。

まさか、湖賀のことを——好きになりかけているなんて。

そんなことがあったからか、湖賀は以前にも増して支倉にまとわりつくようになった。

「ねえ、先生」

湖賀が、ベッドのまわりに下げたカーテンの向こうから支倉を呼んだ。

期末テストを終えた校内は、五日後にクリスマスを控え、すっかり浮き足立っている。午前だけの変則授業を終えてしまうと、いつもの昼休みに当たる今の時間は、部活へ向かう生徒、街へ繰りだす生徒たちの明るい声が、保健室まで聞こえてきた。

「ねえってば、先生」

無視を貫き通していると、焦《じ》れたように湖賀がもう一度呼ぶ。

はあっと聞こえるように嘆息して、支倉は席を立った。

ベッドのほうへ歩み寄り、シャッと音を立ててカーテンをめくる。マットレスの上であぐらをかいている湖賀は、肌掛け布団を頭から被り、白いおばけの着ぐるみのようになっていた。

「もう授業は終わっただろうが。さっさと帰れ」

「えー、つめたい」

「なんとでも言え」

つきあいきれずに踵《きびす》を返すと、やにわに肘を摑まれた。立っていた身体の均衡が崩れ、おい、と批難の声を上げたときには、背中からベッドに引きこまれている。

「つかまえた」

衝撃に閉じていた目を開けると、ふたりを覆う布団のドームの天井を、湖賀の背中が支えていた。ふわりと目をたわめる湖賀の背後で、シーツの中身のクリーム色が、冬の薄陽に透けている。

「おまえ……」

なにすんだよ、と言いかけたところを、「黙って」と遮られた。

「これなら、誰からも見えないでしょ」

手のひらで頰を包まれ、ちゅっと音を立てて唇を吸われる。

「……おい、……んっ……」

ちゅ、ちゅっとついばむようなキスを落とされ、身体の力が抜けていく。

いくら体格で負けていても、支倉だって成人男子だ。抵抗しようと思えばできるのに、そうする気にならないあたり、心底絆《ほだ》されてんなと思う。

「……っ、いい加減にしろ」

支倉が色めいた息をこぼすと、湖賀は満足したらしい。こちらの肩口に鼻先を埋め、しがみつくように抱きついてきた。黒髪が、支倉の鼻先をくすぐる。

「あのなぁ」

聞きわけのない幼児を抱いている気分になって、支倉は湖賀の髪に指を差し入れた。そのまま指先をすべらせると、湖賀は毛繕いをされている犬のように、うっとりと目を閉じる。

「相原とやれよ、こういうのは」

「加南子と？　あいつとは別れたよ、先週」

「別れた？」

「うん。加南子とおれって、好き同士だったっていうより、協力しあってたって感じだったから。あいつはハブられてたから、学校で一緒にいるやつがほしかったみたいだし、おれはそれまで遊んでたやつらの中から、バイトだっつって抜けてくるのいやだったし」

「はぁ……？」

「彼女できたって言っとけば、みんな遊びに誘うの遠慮するだろ？　そのへん楽に誤魔化せたんだよ」

すう、と眠る寸前のような息をしながら、悪びれもせず湖賀は言った。

「それで相原は納得すんのかよ」

「好きな人できたから別れよ、つったら、『支倉先生でしょ？　がんばって』って」

「おまえらは……」

現代っ子の感覚なのだろうか。支倉もまだ二十七だと思ってはいるが、生徒たちの感覚とは、なにかが決定的に違うのかもしれない。

「そうだとしてもだ」

支倉は、気を取り直して説教モードに切り替えた。

「本気でもねえのに、好きだとか軽々しく言うもんじゃねえよ」

「先生のこと好きなのはほんとだよ。本気だって」

目眩《めまい》を覚えて、支倉は手のひらで目もとを覆う。

たしかに湖賀と自分は、境遇に共通点があったから、ほかの生徒よりも近い距離にある気がするのは否定できない。支倉だって、そう思う。

けれど湖賀の言う「好き」は、恋愛感情からは遠いものだ。一般には、自分のことを理解してくれる大人を見つけたという、ただそれだけの感情だろう。その対象である支倉が、たまたま同性愛者だったから、慕情《ぼじょう》と恋情《れんじょう》を混同しているだけだ。

——そう思ってねえと、こっちの身が保《も》たねえよ。

支倉は、すっかり安心した顔の湖賀を腹に乗せたまま、悪態《あくたい》をつきたくなった。

ことあるごとに好きだと言われ、力強い腕で抱きしめられる。自分がまるで、必要とされているかのように感じてしまう。これは湖賀がはじめて出会った「頼ってもいい大人」への刷りこみだ、湖賀の勘違いなのだと自分を律していなければ、こちらがのめりこんでしまいそうだ。

少なくともそう思うくらいには、自分を呼ぶ声は甘く、抱きしめる腕は心地よかった。

「そういやさ、先生、イブは？　どうしてんの」

「イブ？」

「そう、クリスマスイブ。なにしてんの？」

「別にどうもしねえよ。仕事だろ」

「冬休みだよ」

「おまえら先徒が冬休みでも、教員はカレンダーどおり学校来てんだよ」

「えー？　でも二十四日って土曜日だよ？」

「そうか？　だったら家にいるよ。社会人にとっちゃ、クリスマスだろうがなんだろうが、貴重な休みには変わりねえからな」

「なんだよそれ。つまんねえ」

気のない言葉に拗《す》ねたのか、湖賀はぷうっと頬を膨らませた。可愛げのあるふりをしているのかと思ったが、どうやら本気でやっている。風船から空気を抜くように、ふーっと吐きだしたあたたかな息が、シャツ越しに伝わってきた。支倉は、こらえきれずに笑ってしまう。

「せっかくなんだ、クリスマスは家族と過ごしゃいいじゃねえか」

「それも考えたけど」

部屋に湖賀を泊めたあの日以来、彼と母親、妹は、自宅に戻るのは危険だと母親の同僚に説得されて、勤務先の病院に併設《へいせつ》されている宿舎に移った。

湖賀は、父から金を巻き上げられることもなくなったので、夜のバイトを減らしたようだった。ただ書き入れどきの十二月に辞めるのは勘弁《かんべん》してくれと泣きつかれたそうで、完全に手を引くのは年が明けてからだと言っていた。

最近の湖賀は、身体じゅうにあった生傷も治り、顔色もいい。野性味のある顔立ちや、しっかりした体軀も引き立ち、バーの店長もこいつに辞められるのは気の毒だな、とおおいに同情する。

「母ちゃんと妹は、病院の宿舎でクリスマス会やるって言うからさ」

「入れてもらえよ」

「やだよ、行ったらおれ、強制的にトナカイ役だよ？　なんでそんなのやらなきゃいけねえんだよ」

ぶすくれた顔をする湖賀が可愛くて、支倉は、自分がこの年下の男に、ペースを乱されているのを感じた。年下はタイプではない。タイプではないはずなのに。

「だから……ね、先生」

湖賀は支倉の胸から身体を起こすと、ふんわりと目もとをゆるめた。

「先生だって、恋人もいない、家族もいないじゃ寂しいでしょ？　おれが一緒にいてやるよ」

ぎゅっ、と抱きしめる腕に力がこもる。

俺は狡《ずる》いな、と支倉は、声に出さずに独りごちた。

誰からも見えない、あたたかな蜂蜜《はちみつ》色のドームの中で、すがりついてくる腕に陶然《とうぜん》としている。

甘えているのは支倉のほうだ。甘えてくれる男に、甘やかされている。なにもわからない生まれての子犬に、自分が親だと思わせて、手懐けているのと同じことだ。

――こんなことじゃ駄目だ。

支倉は思い切ると、湖賀の胸に手を突っ張り、ぐいと剝《は》がして転がした。

「なにすんだよ」

湖賀の文句を無視して、ベッドの上に身を起こす。いつまでもこんなことを続けていると、求められる心地よさに溺《おぼ》れてしまいそうだった。

「ふざけてんじゃねえぞ。ほら、もう放課後なんだから、学校に用ねえだろ。さっさと帰れ」

「いやだ、帰らない」

片足をベッドから下ろしたところで、湖賀が腰に腕を回してきた。大きな身体の力に負けて、そのままマットレスに引き戻される。

「――あのなあ、湖賀」

片足だけベッドから落とした半端《はんぱ》な体勢は、自分の現状のようだった。愛されたいと願うのに、いつでも逃げだせるようにしている狡さで、こうして宙ぶらりんになる。

「……なに」

湖賀は支倉を逃すまいとしてか、こちらの腰を抱いたまま、ずりずりと身体を寄せてきた。胎児《たいじ》のようにまるまって、支倉の臍《へそ》の下に鼻先を強く押し当てる。

「おまえさ、俺とどうにかなるってのが、どういうことかわかってんのか？」

「どういうこと、って？」

「おまえ、バイトしてるときに、俺が男といるとこ見たんだろ？　俺はさ、ゲイなんだよ」

膝に乗せた湖賀の髪を、支倉は指で弄《もてあそ》ぶ。

艶《つや》やかでほんの少し癖のある、黒毛の獣のような髪。

「ほんとにつきあうんならな、おおっぴらに生きられる人間じゃなくなるぞ。親にもきょうだいにも言えねえ、友達や同僚になんか、言えるわけねえ。そういうの、考えたことあんのか？」

幼い子に聞かせるように、湖賀の髪を撫でながら言う。

「あるのは目先の快楽ばっかで、子どもだってできねえんだ。男同士じゃ、病院で死に際にだって会えねえからな。そうやって、ひとりで生きて、ひとりで死んでいくんだよ」

そうして、晴れた空へ昇る煙のように消えていく。

言いながら支倉は、そういえば湖賀は以前、自分に訊いてくれたなと思いだしていた。

——寂しくねえの？

ああ、そうだな、と支倉は思う。

俺はずっと、寂しかったのかもしれない。こうやって、自分の気持ちを隠して、殺して、同じ性向の人間だけを嗅ぎ回って区別して。いつからそれを、我慢という美徳だと思いこみ、駆け引きというゲームにしていたんだろう。だからだろうか、痛い思いをしてまでも、身体を張って現実と向きあおうとしているおまえが、眩《まぶ》しく見えた。

じっと黙っていた湖賀は、「いいよ、それでも」と、支倉の腹に鼻面を押しつけたまま呟いた。

「大丈夫だよ、先生とふたりなら」

湖賀がどんな顔をして、そんなことを言ったのかはわからない。

けれどそう言い切られたことに、予想外に胸が痺れた。

腹にかかる息があたたかい。わけもなく、目の奥がつんと熱くなる。

「おまえなあ、若けえっていうのは馬鹿ってことか？　簡単に答えていい話じゃねえだろ」

茶化していないと、どうにかなってしまいそうだった。

「たとえ今大丈夫だと思っててもな、将来年取ってから、頼る身内もいねえんだぞ？　俺だって、自分の人生、自分で幕引きできるように貯金してんだからな。家だって安アパートだし」

「たしかに」

「うるせえ」

頭を軽く叩いてやると、空気はふっと湿度を下げる。

「でも、そしたらやっぱり先生ん家《ち》じゃ無理だな。壁薄そうだったし」

「は？」

湖賀は身体を起こすと、ずいと顔を近づけてきて、色香《いろか》を含んだ視線を寄越した。

「先生のこと、思いっきり喘《あえ》がせてみたい」

低く甘い男の声が、腰のあたりにぞくりと響く。

湖賀は、支倉の腕を掴み、シャツの襟もとに指をかけた。目の前の生徒が、いっぱしの男の顔をしていることに、一瞬どきりとして焦る。

「先生……」

腰に腕を回されて、強く引き寄せられる。全身の肌が、さわりと波立つのを感じて——今度は本気で、頭を叩いた。

「——アホか」

「痛って！」

湖賀は、涙目になって頭をかばう。

「今、本気で叩いた！」

「このガキが。こんな真っ昼間から、えろいことばっか考えてんじゃねえよ」

「なんで駄目なんだよ、本気で好きだって言ってんだろ！」

「声がでけえよ、校内の誰かに聞かせるつもりか？」

悔しそうに唇を噛む湖賀が、可愛く見えていっそ憎らしい。

いつもより、胸の鼓動が速かった。制御《せいぎょ》できない心の動きを、持てあましそうになる。

支倉は舌打ちをすると、開けっ放しだったベッド脇のカーテンを勢いよく閉めた。

湖賀の襟を摑み上げると、嚙みつくように唇を重ねる。

「……っ、う……！」

驚いてすくむ唇を、舌先でこじ開けた。

自分よりも体温の高い肉厚な舌に、舌の表面を擦りつける。一拍遅れて絡もうとしてきた舌を、吸い上げ、啜り、ぬるい唾液《だえき》を嚥下《えんげ》する。色めいた湖賀の鼻声が漏れる。

ちゅ、と派手に音を立てて唇を離せば、湖賀は夢の中にいるように呆然としていた。

ふたりをつなぐ名残のように、とろりと唾液が糸を引く。それを小さなキスで吸い取ると、湖賀はようやくされたことを理解したのか、かっと耳まで赤く染めた。

「満足したか？」

「……不意打ちかよ」

「おまえが喘いでんじゃ世話ねえな」

頭をぽんぽんと叩いてやると、湖賀はむっと口を曲げる。

「すぐそうやってガキ扱いする」

「ガキだからな」

「じゃあどうやったら、ちゃんと対等に見てくれんの」

湖賀だって、普通の生徒でいたのでは、支倉に特別視されないことは知っている。それをなんとか打開したくて、色ごとを仕掛けてきたのだろう。その必死さを目の当《ま》たりにしてしまうと、ただ突き放すのは胸が痛んだ。ばかりか、可愛いという気持ちを止められなくなる。

だがここは学校で、自分たちは教師と生徒だ。湖賀に応えてやることはできない。

そうでなくても、空虚《くうきょ》な身体を誰かの身体で埋めるのは、寂しい大人の常套《じょうとう》手段だ。

「――そういうのは、おまえにはまだ早えよ」

自戒の念をこめてそう言うと、「さっさと帰れ」とベッドから下りる。

湖賀は、ごそごそと支倉に続くと、「だったらさ」とブレザーのポケットを探った。

「デートならいい？」

「……は？」

湖賀が差しだしてきたのは、映画の前売り券だった。

支倉があっけに取られていると、湖賀は用意していたような口上《こうじょう》を並べる。

「一緒に歩いてんの見られたらやばいって言うんなら、遠くの映画館ならいいだろ。横浜《よこはま》とか、千葉《ちば》とかの映画館なら、電車でそう時間がかかるってわけでもねえし。あ、もちろん、外で手ぇつないだり、くっついたりはしねえから。そのへんは安心して」

湖賀は黙った支倉をどう思ったか、焦ったように言葉を重ねた。

「あっ、でも先生がもうこれ観《み》ちゃってたら、全然ほかの映画でもいいし。チケットは、妹にクリスマスプレゼントとかってやっとけばいいからさ」

言い募《つの》る湖賀を見ていると、冗談なんだかそうでないのか、だんだんわからなくなってきた。ふだんは澄ました顔で笑える湖賀が、こうもそわそわと落ち着きを失くしているのはなぜだ？

「……やっぱダメ？」

返事をしない支倉に、湖賀は悲しげに首を傾けた。大きな身体を器用に縮めて、上目遣いにこちらを見てくる。

相原やほかの女の子を誘うときも、湖賀はこんなふうに切実に、躍起《やっき》になっているのだろうか。そうでないはずだ、と優越感を覚えてしまう自分が笑える。湖賀が余裕を失くすのは、こうして自分といるときだけ。それはとても甘やかで、気分のいい想像だった。

それに――自分の答えを待つ視線に、ぐらりと気持ちが揺らぐのがわかる。

これ以上、湖賀に傾くのは危険だった。支倉だって、養護教諭である前に人間だ。湖賀のことを気に入って離してやれなくなる前に、自分からきちんと線引きする必要があった。

――そろそろ、潮時か。

デートだなどと言いだしたときは、当然断らなくてはと思っていた。けれど、これで湖賀が納得するならば、いいきっかけになるかもしれない。

こちらをうかがう目の前で、差しだされた二枚の映画の前売り券の、片方をぴっと取る。

「日帰りで行ける範囲で、一番遠い映画館な。探しとけ」

「……ほんとに!?」

湖賀は、文字どおり飛び上がって喜んだ。やった、と小さくガッツポーズをする。

「おまえはほんと、見てて飽きねえな」

「えっ？」

「なんでもねえよ。満足しただろ、もう帰れ」

「言われなくても！」

支倉が執務机に座ると、湖賀は上機嫌にバッグを引っ摑んだ。

「デートのこと、電話する！　じゃあね！」

ばたばたと廊下を遠ざかる足音を聞きながら、支倉は、頬がゆるむのを止められなかった。

手の中には、半分に折れて、端のほうがくしゃくしゃになった映画のチケットが残っている。見ていると、じわじわと口角が上がってしまうのがわかる。

——危ねえよなあ。

数年ぶりに、胸が甘く打つのを感じていた。愛されているのだという、くすぐったいあたたかさが胸を満たす。こんな気分も、湖賀の言う〝デート〟に出かけるまでだ。それでも。

「やべえよなぁ……」

独りごちた声は、自分のものとは思えないほど弾んでいた。


〝デート〟の日程はできるだけ早いほうがいいと湖賀が言うので、二学期の最後、終業式の日の午後ということになった。

——今日で、最後だ。

そう思うと、多少は感傷的にもなった。

盲目的に自分を好きだという若い男が、可愛らしくないはずがない。

支倉は仕事をできるだけ早く切り上げ、帰宅して私服に着替えた。湖賀が指定してきた近県の商業施設へと向かう。

都内から電車で一時間弱、待ち合わせ場所に現れた彼を見つけたとき、支倉は目を剝《む》いた。待ち合わせの相手が、学校帰りの制服のまま現れたからだ。

言葉も失くして脱力する支倉に、湖賀は「え、なに？　なんかおかしい？」と自分の姿を見下ろしてきょとんとしている。

「制服のまま来るやつがあるかよ」

「だって、待ちきれなくて」

学校からそのまま来ちゃった、と笑う湖賀には邪気のかけらもなくて、責める気すら起きなかった。

このままでは、並んで歩くことさえできない。

仕方なく、制服の上に羽織るコートを買ってやり、「クリスマスプレゼントみてえ」とはしゃぐ湖賀を目の端で見ながら、誰か学校の関係者がいないかと、冷や冷やしどおす羽目《はめ》になった。

映画の最中はまだよかった。周囲が暗くなるからだ。

けれどその上映中も、暗闇に紛《まぎ》れて手を握られるのを振り払ったり、映画のあとで食事に行けば、「今日はおれが誘ったから」と二丁前に制服姿のまま全額を出そうとするのを、「年上だから」と必死で阻止したりで、支倉はぐったりしてしまった。

「疲れた……」

湖賀がこっそり用意していたというプランの仕上げは、デートコースの大王道、海辺の公園の散歩だった。気を張りっ放しで磨《す》り減った神経に、追い討ちをかけるように真冬の海風がつめたく沁みる。

支倉はもうどうでもよくなってきて、引き回されるままに海辺の公園を歩いていた。

「先生、まだそんな歳じゃないでしょ。ほら、もうちょっとで着くから」

この散歩には目的地があるらしく、湖賀は楽しげに支倉を先導している。

「歳のせいじゃねえぞ、断じて」

冷えてしまった手をポケットに入れて、支倉は肺から絞りだすようなため息をついた。

湖賀が目指していたのは、公園の外れに並んだベンチだった。

穴場なのか、ふたりのほかには誰もいない。

湖賀と並んで腰を下ろすと、目の前に、ウォーターフロントの夜景が綺麗に見えた。それこそ、湖賀のような高校生なら、彼女と来るのにちょうどいいデートスポットだ。

——もしかしてこいつ、俺のこと、彼女かなんかだと思ってんじゃねえだろうな。

半眼で隣に座る男に目をやると、湖賀はやけに真面目な顔をして、支倉を見つめていた。

「なんだよ」

視線のわけを尋ねると、湖賀は夜目にもわかるほど、ぽうっと顔を赤くした。

「先生が、綺麗だったから」

照れたように言う横顔を見ていると、支倉は本格的に、この男に絆されていることを自覚せざるを得なかった。

本当なら支倉は、自分をリードしてくれる、スマートな大人の男が好きなのだ。それなのに、こんな王道デートプランにつきあって、寒空の下、凍《こご》えながらベンチに腰を下ろし、不器用な愛の告白を可愛いと思ってしまっている。

「満足したかよ」

支倉は、自分に呆れながら言った。湖賀は「うん」と満面《まんめん》の笑みを浮かべていて、なにか自分がいたいけなものを騙しているような気分になった。

やはりここで、きっぱり線を引かなくてはいけない。

湖賀は子どもで、自分は大人だ。自分のほうが、引導《いんどう》を渡してやる必要がある。

「……じゃあ、これでもういいだろ」

それを言うために、なぜここまで躊躇《ちゅうちょ》するのか、その理由を深く考えたくはなかった。

「こういうのは、これで終わりにしよう」

「……へっ？」

視界の端で、ぽかんとした顔の湖賀がこちらを向く。

それをなるべく見ないよう、支倉は続けた。

「学校の外で、こういうのはまずいだろ。それに俺は、あんまり恋愛の過程を楽しみたいタイプじゃねえんだよ。つきあってもねえ男と、何度も出かける趣味はねえ」

「……なに言ってんの、先生」

湖賀は、さっきまでのとろけるような笑顔から一変、幸せのてっぺんから突き落とされたみたいな顔をしていて、支倉の胸まで苦しくなった。

——でも、こうすることがこいつのためだ。

腹をくくって、支倉は湖賀を見据えた。

ここできちんと突き放してやらなければ、湖賀は少なくとも、しばらく自分に執着する。一度でも関係してしまえば引き返せない。まだ若く、明るい道を歩く湖賀を、自分のいる寂しい日蔭に引きずりこむわけにはいかなかった。

——でも、もしも添い遂《と》げられるなら？

そんな考えがちらりと頭をよぎって消える。自分には、おこがましいことだった。支倉は、他人の期待に応えられない。たとえ湖賀が本気だとしても、自分は彼を幸せにできない。

肩を摑まれ、身体ごと湖賀のほうを向かされた。

「先生、なんで？　おれ今日、なんか先生のいやがることとした？」

「そうじゃねえ。おまえのせいじゃねえよ」

「だったらどうしてそんなこと言うんだよ。おれ、明後日のイブ、先生と一緒に過ごしたいって、誘おうと思ってたのに」

腕を摑んだ湖賀の手に力が入る。その力強さに流されそうで、支倉は心を鬼にする。

「……イブは、ほかの男との約束があんだよ」

まったくの嘘だとしても、湖賀には影響があったようだ。

目をまんまるに見開いて、腕を摑む手にいっそう力をこめる。

「は？　おれとデートしてたのに、男いたの？」

「映画と食事だけだろう。俺にだって、タイプはある」

「じゃあなに？　先生のタイプって、どういう男？」

「少なくとも、こうやって真冬に海辺歩かせたりして、話しこむようなガキじゃねえ」

湖賀は黙った。

——言いかたがきつかったか。

すぐにそう思ってしまった自分に、舌打ちのひとつもしたくなる。まるで恋人相手に、機嫌を取っているようだ。湖賀が自分にとってどういう存在なのかを、はからずも意識させられた。

——そうならねえように、今夜きっぱり切るんだろう。

なんといってもこの男は、自分の勤務先の生徒で、しかも十七歳なのだ。

おそらく湖賀に、ゲイに対する偏見はない。

だが同時に、ゲイとして生きることへの覚悟もない。

湖賀は今、ただ自分を理解してくれる大人が現れて、慕《した》わしく感じているというだけだ。これが恋ではないのだと、気づいてしまう日がきっとくる。そのとき自分は――とそこまで考えて、支倉は失笑した。そのとき俺は、どうすればいいんだ、と考えた自分にだ。

「――おまえは、俺の可愛い生徒だよ。でも、恋人じゃねえ。わかるな？」

支倉はきちんと湖賀に向きあい、言い含めるように語りかけた。

「なにかあれば、いつでも電話してきていい。夜中だって構わねえし、何時間でも聞いてやる。場合によっては行ってやるよ。けどな、おまえが俺の恋愛事情に、口出ししてくる筋合いはねえんだよ」

険のある顔をしたまま、湖賀は黙っている。

「俺も気を持たせるようなことしたからな。悪いとは思ってる。でも俺は俺で、安心して遊べる相手がほしい」

生徒でなければ――湖賀が未成年でなければ、こんなふうに黙らせせなくて済んだだろうか。

支倉は嘆息した。

同じ傷を持っている生徒に、つい入れこみすぎていたのだ。

不安定な腕にしがみつかれると、寄り添ってくる人肌は、思った以上に心地よかった。あたたかい雨のように与えられる「好き」の言葉に、いつのまにか絆されていた。必要とされているのではないかと、思い違うくらいには。

けれど雨は、いつか上がる。若い鳥は、雲が晴れれば飛んでいく。

かぶりでも振りたい気分で、支倉は「行くぞ」とベンチを立った。

「どこに」

「どこにって……」

支倉は踵を巡らせると、こんなやりとりをいつかもしたなと思いだした。雨上がりの病院の前、視界にちらつく、救急車の赤色灯。電話番号を渡し、休日の夜のＳＯＳに応えた。思えばすでに、あのときはもう、どうしようもなく入れこんでいたのだ。

「駅に決まってんだろ」

できるだけすげなく答えると、支倉はポケットに両手を戻した。自分がきちんと線引きをしなかったから、湖賀がこうして勘違いするのだ。

「もう十一時過ぎてんだよ、制服のまんま歩いてたらさすがに補導されんぞ。おまえひとりで帰すわけにいかねえだろ」

「……帰らない」

「つきあえるかよ、帰れ」

「帰らない！」

駄々をこねる子どものように、湖賀は硬い声で言った。

「――どうしたいんだよ、おまえはもう……」

途方に暮れて呟くと、湖賀は「好きなんだよ」と言いすがった。

「それは聞いた」

「じゃあどうして、そんなこと言うんだよ」

「なんだよ、そんなことって」

「恋愛なんかしなくても、セックスだけできればいいって言ってるみたいに聞こえる」

思わず、額に手をやった。子どもだ子どもだと思っていたが、想像以上だ。想像以上に純粋で、まっすぐで――その気持ちを向けられると、気持ちがくらりと傾いでしまう。

「好きなひとがそんなこと言ってんのに、放っとけるわけねえだろ。なあ先生、おれとつきあおう。先生も、おれのこと好きだろ？」

「あのなあ、湖賀」

あえて渋い顔を作り、文倉は言った。

「俺は、おまえの学校の先生で、おまえは生徒だろ？　おまけに未成年だ。そういうの、わかんねえ歳じゃねえよな？」

「……わかるよ、そりゃ」

「本当にわかってんのか？　俺がおまえとつきあうってことになれば、よくてクビ、下手すりゃ犯罪だ。同性愛は犯罪じゃねえけど、おまえとつきあうのはまずい」

言いながら、自分を納得させているようだと思った。

こうしてちゃんとわかっているのに、湖賀に肩入れしてしまうのをやめられなかった。まずいとは思っているのに、すがりついてくる体温が心地よかった。自分を求める両腕を、失ってしまうのが惜しくて、きちんと突き放すこともしなかった。

その結果がこれだ。

湖賀は、同性とつきあうということの意味も考えず、自分に構う支倉のことを、恋愛の意味で好きなのだと思いこんでいる。こんなのは、自分を信じて頼った湖賀を、嵌《は》めているのと同じだ。

「じゃあ、なんでキスしたんだよ」

湖賀は憮然として言った。もっともだ。

視線を向けると、湖賀は、燃え立つような目でこちらを見ている。若さの漲《みなぎ》る、獰猛《どうもう》な瞳だった。

いいな、と思った自分に嫌気《いやけ》が差す。あの双眸《そうぼう》に、求められてみたいと思ってしまう。

けれど、そんなことになっても、誰も幸せにならない。また自分が、誰かを不幸にしてしまう。

「――勘違いさせて、悪かったな」

文倉の静かな声に、湖賀はひゅっと息を呑んだ。

「悪かったよ、惑わせるようなことして。キスやセックスなんてな、俺らのあいだじゃ挨拶《あいさつ》なんだ。でもストレートのおまえにとっちゃ、そうじゃなかったよな。配慮が足りなかった」

「……先生」

「誰とでもできるんだよ、挨拶だから。おまえと違って、俺は特別な男にだけしかキスできないわけじゃない。おまえの言うとおり、俺はそういう、節操《せっそう》のない人間だ」

言っているうちに、しんと胸が冷えていくような心地がした。そうだ、自分は節操のない人間だ。こうやって、教え子を中途半端に弄んだ。

「騙してたようなもんだよな。……謝るよ」

目を伏せると、湖賀はぐっと拳を握った。拳の背に浮かぶ骨の影は綺麗に隆起し、揃ってアーチを描いている。ああ、よかった、ちゃんと治ったんだなとぼんやり思う。

湖賀の傷は、いつか治る。湖賀には守るべき家族がいて、まっとうな未来がある。自分はその幸せを奪ってしまう。自分が湖賀に、新たな傷をつけるわけにはいかない。

「ふざけんなよ」

湖賀はついに、抑《おさ》えた怒りをあらわした。

「おれに、怪我したら来いっつったのは先生だろ。なのに、おれのこと一番傷つけてんのは先生じゃねえか。先生にそんなこと言われたら、おれはどうすりゃいいんだよ！」

支倉は、自分の吐く白い息を見ていた。

やっぱり最後は、こうなるのか。自分はどうも、愛着を覚えたものを幸せにはしてやれないようだ。どうして目の前の男がするように、大切に、守るように愛せないのだろう。

「なんとか言えよ！」

「——おまえが今、言ったとおりだよ」

つとめて冷静な口調で、支倉は言った。

「おまえは、俺のことが好きなんじゃねえ。傷ついたときに頼る大人として必要なだけだ。その役については、俺も降りるつもりはねえからな。つらいことがあったら、いつでも連絡してきていい。ただし、それ以上のことはなしだ」

湖賀はざわりと気配を逆立《さかだ》てると、きつく唇を噛んだ。

眉間が白くなるほど力を入れて睨《にら》まれたかと思うと、乱暴に腕を取られる。

「……おい……！」

引き寄せられると、足がもつれた。倒れこむように、湖賀の胸に抱きこまれる。「なにすんだよ」と言おうとして顔を上げると、手のひらに頬をすくわれた。

なにを思う暇もなく、唇を奪われる。

「……っ、……！」

誰もいないとはいえ、往来だ。

ざっと背筋を粟立《あわだ》たせ、目の前の胸を押し返そうとするものの、厚みのある胸はびくともしない。それどころか、湖賀は支倉の手に煽られたかのように、こちらの背中に腕を回して抱き寄せた。片手で頬を包まれて、もう片方の腕で強く抱かれる。

「ん……、ぅ……やめ……っ」

唇で、唇に噛みつかれる。逃げようともがく身体を、ますます強く拘束される。

くちづけなどという、生やさしいものではなかった。殴られるとか食われるとか、そういった言いかたのほうがふさわしいほど激しいキスに、吐く息を根こそぎ奪われる。

意識が霞《かす》む。浅くなった自分の呼吸が、色めいているのがわかる。自分の腰を抱く腕に、ここにいてもいいのだと言われているような気さえする。

「……ぅ、はぁ……っ」

酸素を求めて息を継ぐと、湖賀はその息が触れあうような距離で言った。

「──なんでだよ」

頬を撫でていた手のひらは、いつのまにか首すじのほうへと移動している。うなじをさすられ、抗《あらが》いようもなく全身の力が抜けた。

「ほんとは、おれのこと好きなんだろ？　——なあ、こんなにいい顔してんじゃん」

湖賀は痛みをこらえるような顔をして、支倉の頬に親指のつけ根をすべらせた。両の指先で耳殻を弄《いじ》り、小指で頤《おとがい》をすくい上げる。顔を引き寄せ、また唇を押し当てる。

「ん……ぅ……」

閉じられなかった唇の隙間から、熱い粘膜が忍びこんできた。その熱さに、残っていた理性が融け落ちそうになる。

——駄目だ。

自分は教員で、こいつは生徒。自分は大人で、こいつは子ども。年下は好みじゃない。知的な大人のほうが好きだ。言い訳なら、掃いて捨てるほどたくさんあった。それなのに。

「ねえ、先生……頼むよ、俺のこと、好きって言えよ」

湖賀は両腕で支倉の腰を抱き、むずかるように額を合わせて擦りつけてくる。

同じ傷。おたがいに、取り繕うのが上手い顔。この距離まで近づくと、なにも見えない。ただ感じられるのは、自分を求めている身体の、腕の力と、熱だけだ。

「……先生」

震える声で、湖賀は呼んだ。ちゅ、と軽く唇を触れあわせると、今度はやさしく、支倉の下唇を、唇で挟んで吸ってくる。

——先生、か。

支倉にはわからなくなってきた。

湖賀にとって、自分は先生だったのだ。自分こそ、はじめて強く求めてくれる相手に、刷りこみのような恋情を覚えているだけではないのか。

しかし勘違いの恋ならば、この、身体じゅうがぼうっと熱くて、とろけだすような感覚はなんだ。

抵抗は、じょじょに意味を失った。湖賀の腕の拘束も、だんだんに甘くなる。もう、逃げようと思えば逃げられた。けれど支倉は、そうしなかった。自分から、湖賀の首に腕を回した。

と、そのときだ。

「こっち、穴場なんだよ。誰もいないから」

若い男の声がした。弾かれたように湖賀の身体から離れると、ベンチのある広場の脇を、学生らしい男女が通り過ぎたところだった。

その足音を聞いて、支倉は、目が覚めたような心地がした。

目の前の男は、自分の教え子で、高校生だ。この年ごろの恋情なんて、過ぎていくだけのものだ。

次の恋を知ったなら、自分のことなんてすぐに忘れてしまう。

つきん、と身体の奥が痛んだ。

何度も経験したことだ。

着任してからこの数年、気持ちが入ってしまった生徒は、なにも湖賀だけではなかった。生徒たちはみんな、あの校舎で三年を過ごしたら、自分たちの世界へと巣立っていく。いくら支倉が気にかけても、誰もがみな、自分の前を通り過ぎていくだけだ。支倉のもとには誰も残らない。誰も。

支倉は、向きあう湖賀の胸に手を当てた。

厚い冬服の下には、いつか触れた鼓動があるはずだ。けれど今は触れられない。ここは往来で、今は高校生がいてはいけない深夜だ。自分は教育者で、相手は教え子なのだ。支倉の部屋で、あんなに近くで、あんなに薄着で、触れられる状況のほうがどうかしていた。

「やめよう、こんなことは」

湖賀は、くしゃりと顔をしかめた。

「どうしてだよ。好きなんだよ。これ以上、どうすりゃいいんだよ……」

湖賀はずるずるとその場にしゃがみこみ、自分の腕の中に顔を埋めた。

「——たいしたことねえよ。今までの傷に比べりゃ、失恋の傷なんて」

湖賀がこちらを見上げてきた。自分をこうして突き放すのかと、支倉にすがるような目だ。

支倉の脳裏《のうり》に、記憶が浮かぶ。弟の冷めた目。母の泣き顔。父の失意に満ちた背中。失望させようとしたわけではなかった。泣かせたいわけではなかったのに。

これ以上、湖賀を自分のそばに居させては、どんなひどい顔をさせてしまうかわからなかった。

支倉は、湖賀に手を貸して立たせた。制服の上から羽織らせたコートの前を、紺色のブレザーとタイが見えないように、きっちりと留めてやる。せめて大人として、この程度は守ってやりたい。

「行くぞ」

呆《ほう》けたような湖賀の手を取り、支倉は歩きだした。

夜が深まり、カップルたちで混みはじめた公園を抜ける。タクシーが拾える通りに出ると、道の脇に立ち、空車の表示を探した。そのころになると、湖賀も支倉の意図を理解したようだった。

「先生！　帰らねえよ、おれ」

「黙ってろ」

年末とはいえ、まだ電車のある時間だ。タクシーを拾うのも、さほど苦労はしなかった。

空車表示を掲げたタクシーが、ほどなく支倉たちの前に停まる。後部座席に湖賀を押しこみ、「おまえ、どこ住んでんだっけ」と訊いた。

「帰んねえって言ってんじゃん！」

「馬鹿言うな。こんな時間に、外で生徒見つけて、放っとける教員はいねえだろ」

握っていたはずの手のひらに、いつのまにか手を握られていた。

ぎりぎりと、どうしようもない力が逃げ場を失くし、支倉の手を握っている。この力を、心地よく感じてしまっていたのだ。だがこれは、迷子がようやく見つけた大人にすがる手の力だ。支倉自身を求めているわけではない。

支倉は、握られているのとは反対の手で、湖賀の手を外した。

打撲の痕のなくなった手の甲に、そっと手のひらを重ねてやる。

湖賀の傷は治る。自分はこうして、上手くいった仕事の成果を眺《なが》め、悦《えつ》に入っていただけだ。恋情ではない。等しく、生徒に注ぐ愛情だ。

タクシーの運転手に、「お願いします」と声をかけた。

「先生……！」

詰るような湖賀の声を無視して、支倉はパンツの尻ポケットから財布《さいふ》を出した。そこから一万円札を二枚と自分の名刺を取りだして、運転手に渡す。

「こいつは高校生なので、帰宅させます。私はこの生徒が通っている高校の養護教諭です。運賃が足りなければ、お手数ですがこちらに請求してください」

「やだよ、先生！」

「いい加減にしろ！」

ついには怒鳴ると、湖賀は小さくすくんだようだった。本気で怒鳴ったのがわかったのだろう。

「なあ、湖賀」

座席から出てこようとしている湖賀の腕に、手を添える。

「おまえのことは、可愛いと思ってるよ。でもそれは、おまえが生徒だからだ。おまえも今、俺のこと先生って呼んだじゃねえか。俺はおまえの、先生だろ？」

湖賀にだけわかるように、言葉を重ねた。

「おまえは生徒で、俺は先生なんだよ」

——だから、特別な関係にはなれない。

文倉の耳にも、湖賀の声が残っていた。先生。

湖賀が生徒でなければ、自分が教員として出会わなければ、なにかが違っていただろうか。

いや、そんなことはない。自分が、誰かを幸せにしてやれたためしなどなかった。自分は、誰かを幸せにしてやれるような人間ではない。

「ちゃんと帰れよ。おやすみ、湖賀」

「先生！」

運転席に目で合図すると、ドライバーは軽くうなずいた。

湖賀の身体を押しやると、タクシーのドアがバタンと閉まる。賑《にぎ》わう夜の大通り、澄んだ空気にきらきらと連なるテールランプに、合流していく車を見送った。

はあっと大きく息をつくと、白い息が夜の藍《あい》に溶けて消える。

パンツのポケットで、携帯が震えている。取りだして見ると、思ったとおり、湖賀だった。電源を切る。二学期の仕事は終わりだ。これで終わり。

それからすぐに、支倉は馴染みの盛り場に向かった。

誰でもいい、今夜身体が空いてさえいれば、どんな男でも構わなかった。なにも考えられなくなるくらい、激しく抱いてほしかった。

ただひたすらに快楽だけを追う交わりは、波風のない平和な日々と同じに思えた。無駄な手順は必要ない。どこをどう扱えば、おたがいに心地よく過ごせるかわかっている。

男の腕に抱かれながら、支倉は、校舎の北駐車場、あの木蔭のベンチを思いだしていた。

空へと昇る煙を見ながら、自分は死んでも、どこにも行かないのだと思っていた。死んでなお、寄るべきところ、会うべき人すら思いつかず、あてどなく漂い、消えていく。けれど、そうして消えていくだけならば、どうして生まれてきたりしたんだろう。

考えていても答えは見えず、物理的に揺さぶられるうちに、支倉は白濁《はくだく》を吐きだした。なにも育《はぐく》むことのない、排出されるだけの生の営《いとな》み。身体が軽くなっていく気がする。からっぽだ。その空虚になにを注げば満たされるのか、支倉にはもうわからない。

真夜中にふと目を覚ますと、連れが吸っていたベッドサイドの煙草に目がとまる。なぜか無性に吸いたくなって、煙草に火を点《つ》け、細く煙を吐きだした。

漂う煙を見ていると、なんとはなしにその煙が、自分の魂《たましい》だったのではないかという気がしてきた。

こうして毎日、自分の魂を吐きだしていた。そうしているうちに、身体は少しずつ軽くなった。魂の抜けてしまった自分の身体に、中身なんて残っていない。

愛しあいたいと願うことなんて、もうやめたはずだった。期待するから落胆する。愛しても、きっとまた泣かせてしまう。支倉がしてやれることはなにもない。

自分は湖賀に、恋をしていた。

勤務先の学校の生徒で、十七歳で、未成年だ。知識もなければ、常識だって年相応にしか持ちあわせていない。経験もなければ余裕もない。支倉を、支えてくれる要素などなにもない。悪条件しか考えつかない。おたがいに、なにも得になりはしない。

それなのに、取り繕った上っ面の下で、どうしようもなく求める声がする。

——あれがほしい。あれでなければ駄目だ。

愛したところで、幸せにしてやれるはずがない。そんなことは、わかっているのに。

窓の外では、きらびやかな夜景の上に、ゆっくりと打つ生きものの鼓動のように、航空障害灯がまたたいていた。湖賀の顔を見る夜はいつも、視界のどこかに赤い光がちらついている。あれは警告の灯だったのだ。舞い上がって飛び続ければ、いつか手ひどく墜落する。考え直せと、なにかが自分に告げている。

恋ではないと、自分に強く言い聞かせた。

口寂しいから、寒いから、人肌が恋しくなっているだけだ。

これは同じ傷を持ち、無邪気に自分を求める腕への、醜《みにく》くて大人げない執着だ。

そう思うことでしか、もう自分を保てなかった。


冬休みのあいだ、携帯にかかってきた電話には出なかった。部屋のインターフォンが鳴っても放っておいた。そもそも自分に連絡をしてくる者も、自分を訪ねてくる者もたいしていない。淡々と出勤し、年末の休暇に入る。

正月は寝て過ごし、ひさしぶりに学校に出たのは、年が変わって四日目のことだった。

年始の職員会議のため、職員室に入った支倉に、教頭が「ちょっと」と声をかけてきた。初老の教頭は、いつもの温和な雰囲気に、硬いものをまとわせている。

「なにかありましたか」

「いや、ちょっとね。いいですか」

ついてこいと示す身振りに従って、支倉は訝《いぶか》りながらも、彼に続いて職員室を出た。

教頭は、職員室の隣にある放送室へと入っていった。部屋の中央に置かれたテーブルには、ノートパソコンが置かれている。

「すみませんね、急に」

教頭が支倉を振り返った。

「いえ、大丈夫です」

「職員会議までに、少し確認してほしいことがありましてね」

教頭は、スリープモードに入っていたパソコンを操作した。画面に起動しているのはメールソフトで、その中の一通をクリックする。

開いたメールに貼りつけられている写真を見て、血の気が引いた。

クリスマス前の夜、海沿いの公園――見覚えのある風景は、二学期の終業式が終わった日、湖賀が支倉を連れていった場所のものだ。

写真には、腰を抱かれた男の姿と、その正面に、コートの裾から、自校の制服によく似たズボンを覗かせた男が写っている。ピントが合わずにぼやけているが、制服を着た黒髪の男は、向かいの男――自分に、キスをしているように見える。

「これ……」

「年末にね、送られてきていたようで」

絶句する支倉の前で、教頭はラップトップを閉じた。

「手前の男が着てるもの……うちの制服に見えるでしょう。深夜の、繁華街の近くで見かけたそうでね。うちの生徒が、いかがわしいことに手を出してるんじゃないかっていう……まあ、お叱りのご連絡です」

言葉を切ると、教頭は支倉を見た。

「校長とも話しましてね、支倉先生は、とても真面目な人だし、生徒たちの信頼も厚い。そりゃ私たちもよくわかってます。それでも一応、写ってるのが支倉先生かどうかっていうのは確かめておく必要があるだろうってことになりまして」

背筋をいやな汗が流れ落ち、指先がつめたく強張る。

「その、先生のプライベートなことでもありますから、おうかがいするのもあれかと思うんですが」

含みのある言いかたに、どこまで見られていた、と思うと同時に、支倉は周囲の同僚と、湖賀のことでろくに連携を取っていなかったことを歯噛みした。

湖賀の場合は、父親から暴力を受けているという、学校が関与しうる事態だった。周囲に話をしていれば、こうした事態にかけられる疑惑を、少しでも軽くすることができたはずだ。

それを支倉は、自分だけでなんとかしようとした。湖賀の性格上、周囲の大人に知られるほうがつらいだろうと思ったからだ。

しかし、そんなのは支倉の勝手な言い訳だった。湖賀と自分は似ている、そう思いこんで独断で動いていた。明らかに自分のミスだ。

「……間違いありません。私です」

ようやく出した声は、みっともなく掠《かす》れていた。

「相手は、うちの生徒ですか」

静かに問い返す声に、唾を飲んだ。相手が湖賀だとわかっているのか。もしもわかっていないなら、湖賀だけでも逃げられないか。そんな考えが頭をよぎる。

しかし、湖賀としたことがあるのはキスだけだ。それも咎《とが》められれば仕方がないが、下手に隠しだてして拗《こじ》れるよりも、性的な交わりのない潔白を証明したほうがいいように思われた。

「うちの生徒です。二年八組の、湖賀千尋……」

「そうですか。この写真の状況は、またどうして？」

「……学校ではできない相談ごとがあるということで、湖賀と、終業後に会うことになりました」

相談内容を聞かないうちはなにごとも判断できないと、電話番号を渡して落ちあったのだと、当たり障《さわ》りのないように、ざっと話を作って喋る。

話を聞いた教頭は、疲れたようなため息をひとつついた。

「それは……学校側にひと言報告していただきたい経緯でしたね」

「――すみません。私の判断ミスです」

深く頭を下げると、思い直して顔を起こす。

「ですが、湖賀とはそういう関係を疑われる仲ではありません。湖賀にもそんなつもりはない。あいつは、私しか頼る大人がいなかったから連絡してきただけで――」

「支倉先生、落ち着いてください」

一歩踏みこんだ支倉に、教頭はなだめるような声を出した。

「私たちも、先生をそういう目で見てるわけじゃありませんから。これがまあ、相手が女子生徒であったら、また対応も違うんですがねえ……」

教頭は困ったように寂しくなった頭を撫でると、「生徒も男の場合はなぁ」とこぼしている。

言われて、頭から冷水を浴びせられたような心地がした。

そうだよな、と、どこか他人事のような気分で支倉は考える。夜の街で、男子生徒が男性教諭にすがりついていたというだけでは、教師が生徒と関係しているということにはならない。男が男を好きだなんて、普通では考えられないことなのだ。

教頭は、気を取り直したように言った。

「いずれにせよ、湖賀のほうにも事情は聞くことになると思います。こうした連絡が来てしまった以上、学校としても対応しないわけにはいきませんからね。これから校長らと対応を詰めますから、先生は追って連絡があるまで、自宅で待機ということにしていただきたい。よろしいですか」

「……わかりました」

「お話は以上です。今日は職員会議も結構ですから、帰宅してください」

「……はい」

ふらふらと放送室を出ると、自席に置いた荷物を取りに、職員室に寄った。入口の戸をがらりと引くと、しん、と奇妙な静寂があたりに漂う。

そうか――と支倉は、ちらちらと自分に注がれる視線を感じて笑いたくなった。教頭と話して、自分はどこか安心していたのかもしれない。けれど、あんな連絡が届いたのは、誰かが支倉と湖賀を見て、その関係を疑ったからではないか。

疑う者は面白可笑しくあげつらう、理解のない者は疑いもしない。どのみち、本当に支倉のことを理解してくれる人間はいないのだ。

こんな状況を招いたのは、自分なのかもしれなかった。

ひとりでなんでもできるようなふりをして、その実、誰も信じなかった。自分と同じ湖賀の苦しみが、誰かにわかるはずがないと高をくくり、誰にも協力を仰ごうとしなかった。こんなことになったのは、すべて自分の責任だ。

机上の荷物をまとめると、戸口で一礼して職員室を出た。生徒の気配がまるでない、がらんとした廊下を歩いていると、ばたばたと慌《あわ》ただしい足音が聞こえてくる。

「支倉先生」

大矢の声だった。

振り向くと、追ってきたはいいものの、なんと言ったらいいのかわからなかったのだろう。口をぱくぱくさせながら、大矢はなにか言おうとしていた。

「……自宅待機になりました」

軽く口角を上げてみせると、大矢はほっとしたように肩を落とす。

「よかった」

重い処罰でなくてよかった、ということだろう。しかしまだ、わからない。

「僕はあの写真のこと、信じてないからね。支倉先生は、生徒の指導に熱心なだけだよ。生徒に頼りにされてて、悪いことなんてなにもないのに」

熱心に擁護《ようご》してくれる大矢に、悪気はないのだということはわかっている。大矢を裏切ってきたのは、むしろ自分だ。大矢にも、本当のことはわかってもらえるはずがないと決めつけて、うわべだけで話をしていた。大矢の好意を、自分はないがしろにしてきたのだ。

「ありがとうございます」

大矢は、まっとうな養護教諭の自分に期待してくれているだけだ。

思えば両親だってそうだった。あるべき長男としての自分に、期待していただけだ。ただ自分は、その期待に応えられるだけの人間ではなかった。

「大矢先生には、親切にしていただいて感謝しています」

軽く頭を下げて、踵を返した。

「支倉先生！」

大矢の声が聞こえたが、振り向くことはしなかった。

職員室での同僚たちの視線を思いだすと、事態をこのままにしておくわけにもいかなかった。いくら支倉が否定したところで、一度流れてしまった噂が、簡単に消えることはない。湖賀はまだ二年生で、あと一年と少し、あの学校に通わなくてはならないのだ。

これ以上、湖賀を巻きこむことはしたくない。

辞表の書きかたなど、さすがに見当もつかなかった。幸い時間だけはあるので、ネットで調べ、コンビニで便箋《びんせん》を買い、定型どおりの文面を書いてしまうと、気持ちは不思議と落ち着いた。

湖賀のためだ。

ことさらそんなふうに思うのは、この辞職が、自分のためでもあるからだった。これ以上、湖賀のそばにいて、気持ちを抑えられる自信がなかった。

また逃げるのか、と自嘲《じちょう》気味に支倉は笑う。こんな自分が誰かと愛しあえるなんて、思い上がりも甚《はなは》だしい。

たちどころに、食うに困るわけではなかった。

これからなにをしよう、と考えて、ゆっくり旅行にでも出かけようかと思いつく。時間を気にすることもなく、いつまででも、どこにだって行ける。だがそう思えば思うほど、行きたいところは見つからなかった。だいたい仕事を辞めてしまえば、この土地に帰ってこなければならない理由もなくなる。ついに自分は、行く場所も、帰る場所も失くしてしまった。

どうなるとしても、湖賀からは離れたほうがいいはずだった。ここは湖賀の暮らす街だし、彼はこの家を知っている。またいつ押しかけてこないとも限らない。

引っ越すことになるのなら、せっかくの自宅待機だ、荷物でもまとめておこうと思い立った。

古新聞をまとめ、不要なものをゴミ袋に入れ、処分する本を紐《ひも》で縛る。そうやって、さっきまで自分の持ち物であったはずのものが不要品に変わっていくのを見ていると、確かなものなんてなにもないように思えてきて、支倉はなんだか楽しくなった。

無心に手を動かしていると、なにも考えなくとも済む。引っ越し先も決まらないのに、近所のスーパーからダンボール箱をもらってきて、とにかく荷造りをはじめてしまうことにした。

部屋のインターフォンが鳴ったのは、その次の日の夜だった。

洋服を片っ端からゴミ袋に放りこんでいた支倉は、インターフォンの音で我に返った。はい、と応じると、聞こえてきたのは湖賀の声だった。

『先生！』

しくじった、と支倉は頭を抱えたくなった。

予想できない来客ではなかった。もう少し、よく確かめて出るべきだった。

『先生、開けて！』

大声が、インターフォンと戸口から二重に聞こえる。すぐそこに、湖賀がいる。

「おまえ、なんで……」

玄関先まで出てしまって思いとどまり、ドア越しに訊いた。すると湖賀も、支倉がドアのこちらにいることがわかったのだろう、焦れたように切々と言う。

「なんでもなにもないよ。今日、校長と教頭から連絡あって、支倉先生とのことについて聞きたいから、明日学校に来いって――」

呼びだされたということは、学校で事情を訊かれるのだろう。自分に入れこんでいる湖賀が、なにを言うかと考えると気が重くなる。

「わかったから、大声出すな」

「大声も出すよ！　なあ、先生とのことについてってどういうこと？　先生、学校になんか言われたの？」

「明日学校で聞け」

「先生のことで待てるかよ！」

叫ぶように言われると、胸のあたりが甘く疼《うず》いた。

湖賀が、こんなに自分に入れこんでいるのは、対等な人間としてではない、はじめて会った、庇護《ひご》してくれる大人としてだ。わかっているのに、自分の期待があさましく、厭わしかった。

黙ってしまった支倉をどう思ったのか、湖賀はドアの向こうでことりと音を立てた。

「そこにいるんだろ、先生」

声が近かった。身じろぐ音で、ドアに触れているのがわかる。

「ねえ、先生。頼むよ、ここ、開けてよ……」

とんとん、と湖賀の手がドアを叩いた。

甘えたような言いかたに、ドアの前にいる湖賀の姿が見えるようだった。寂しげに眉を寄せて、大きな身体をこちらに傾け、全身でこちらの言葉を待っている。

これに絆されたんだ、とかぶりを振って、支倉は、ドアに額を押しつけた。

このドアは、開けられない。湖賀をこちらへ、引きこんでしまってはいけない。

「――帰れ」

「先生……！」

「もう俺んとこには来るな」

ひどい言い草だ、と自分に呆れた。

クリスマス前のあの夜、湖賀にも言われたことだった。

傷ついたとき、自分を頼れと言ったのは支倉自身だ。それなのに、学校が湖賀を呼びだすような事態になってしまってから、こうして湖賀を、無責任にも突き放そうとしている。

結局自分は、湖賀の人生を傷つけて、それを放りだそうとしているのだ。

また自分に関わった人間を、期待させて、失望させた。自分はこんなふうにしか生きられない。

「……なんでだよ！」

額を押しつけていたドアが、鈍い音を立てて揺れた。ドアに拳が当たった音だ。

「なんで話してくれようともしねえんだよ！」

「おまえにどうこうできる問題じゃねえ」

「おれがガキだからかよ、話さねえとわかんねえって言ったの、先生だろ！」

「それとこれとは違う」

「どう違うんだよ！」

言いながら、湖賀の拳がガンガン音を立てて扉に当たる。安普請《やすぶしん》のアパートのドアが、力に負けて弾むように揺れた。こんな力で殴りつけていれば、湖賀も傷を負ってしまう。

「おい湖賀、ちょっと落ち着──」

「あの、大丈夫ですか……？」

拳の音の合間に、小さな声が聞こえた。湖賀がはっとしたように手を止める。

ドアのスコープを覗くと、くたびれたスーツ姿のサラリーマンが怪訝《けげん》な顔をして立っていた。仕事先から帰宅してきたのだろう、見覚えがあるその顔は、ゴミ出しのときにすれ違う隣人だ。

「その、揉めごととかなら……」

「すみません！」

支倉は、考える暇もなくドアを開けた。

「お騒がせしました、大丈夫です」

きょとんとしている湖賀を部屋に引っ張りこんで、愛想笑いをしながらドアをバタンと閉める。ドアスコープから様子をうかがうと、不審げな顔をしたサラリーマンは、首をひねりながら支倉の部屋の前を通り過ぎ、隣の部屋へと入っていった。

胸を撫で下ろしていると、ふわりと鼻先を黒髪が掠めた。

「やっと開けてくれた、先生……」

ぎゅう、と支倉の首もとに鼻先を押しつけるようにして、湖賀が抱きついている。

「……あのなぁ……」

ただ純粋な抱擁《ほうよう》に、支倉は脱力するしかなかった。ほしいという感情だけで、力ずくで踏みこまれ、捕らわれる。悪い気がしない自分は、教職には不向きだったのかもしれないと思う。

「よく考えろ。通報されたらどうすんだよ」

「でも、されなかった」

「おまえ……」

得意な顔をする湖賀に、支倉は息をついた。後先を考えないのは、若い証拠だ。刹那的《せつなてき》な欲望を満たす代償《だいしょう》が、どんなに大きなものかわかっていない。

「だって、先生がすぐ出てくれねえから。なにしてたんだよ」

湖賀は部屋の奥へと目をやって、そこで「えっ」と小さく声を上げる。支倉の身体を放し、廊下を進んでざっと部屋の中を見回すと、虚《きょ》を突かれたような顔をして振り返る。

「掃除……じゃねえな」

「――ああ。引っ越すことにした」

「……なんで？　あ、契約の更新、だっけ、そういうやつ？」

「いや」

言葉を続けずにいると、湖賀は弾かれたように壁際の机へと駆け寄った。そこには書き上げていた辞表が置いてある。失くさないよう、目につくところに置いていたのが裏目に出た。

湖賀は机の上の封筒を手に取り、こちらに背を向けたまま言った。

「……学校、辞めんの」

「――そうだ」

「なんで！」

「おまえが明日、呼びだされた用件な。俺のせいだから」

諦めて、支倉はそう切りだした。

「は……？」

「終業式の日の夜、公園でやりあってたの、誰かに撮《と》られてたんだよ。学校にそのことが知れた」

「それがどうして、辞めるってことになるんだよ」

「言ったろ。おまえは俺の勤務先の生徒で、十八歳未満だ。おまえが女子だったら、俺は間違いなく免職だよ。今回も、決定的な写真じゃなかったけど、もし妙な方向で噂になったとしたら、俺はどっちみちクビだろうな。おまえも学校にいづらくなんだろ」

「そんな……」

湖賀は、かっとなったように支倉に詰め寄った。

「あれは、おれが先生のこと誘ったからだろ。どっちかっていうとおれの責任じゃん」

「そうだとしても、それまでの線引きを誤ったのは俺だよ。大人として、考えなしだった」

「線引きって……先生が、いろいろ助けてくれたのが悪いことだったって言うのかよ」

「やりかたがまずかったんだ」

湖賀の手の中で、封筒がぐしゃりと潰れる。ああ、あれを書き直すのは面倒だな、と支倉はぼうっと考えた。せっかくの決意を、握り潰されたような気がしてくる。

「おれ、学校にちゃんと言ってくる」

今にも走りだしそうな肩を、摑んで止めた。

「やめろ」

「なんでだよ！　先生の責任じゃねえだろ、みんな話せばわかってくれるよ」

「そんな単純な話じゃねえんだ」

「先生はなにも悪くねえって言ってやるよ、おれが先生を好きなだけなんだって！」

「だから、そういうことをされるのが怖《こえ》えって言ってんだろうが！」

「なにがだよ！　なにが怖えんだよ！」

湖賀は、握っていた支倉の辞表を床に叩きつけた。

言われた支倉は、本当だ、なにが怖いんだろうな、と自問する。

しかし口を突いて出た言葉の意味は、考えるまでもなかった。

怖いのは、湖賀の将来を奪うことだ。

まだ今なら、自分が責任を取るというかたちで学校を辞めれば、噂は噂のままになり、やがて消えていくだろう。そして自分も、あの場の記憶から消えていく。もとよりそんな人生だ。自分がなにかを失うわけではない。

けれど、湖賀には――失わせたくない。

「どうしてだよ」

湖賀は声を震わせて、支倉の腕を摑んだ。

「ただ先生のこと好きだってことが、どうして悪いんだよ」

「――おまえが悪いんじゃねえよ、俺が悪いんだ。興味持たせちまったのは俺だからな」

そっと腕から手を外してやると、湖賀は、親からはぐれた子どものような顔で支倉を見る。

「男同士ってのはな、おまえが思ってるほど面白いもんじゃねえんだよ。まわりにも理解されねえし、好きだからいいとか、そんな単純なもんでもねえ。おまえは、俺が手に入んねえから執着してるだけで、一時的な感情だ」

言いながら、支倉は湖賀から目をそらした。

支倉が言っているのは正論だし、一般論でもあるはずだ。それなのに、声が頼りなく細くなるのは、自身がそう思いたくないからだ。

「そんなの、どうしてわかるんだよ。なんで一時的な感情って言いきれるんだよ」

支倉の後ろめたさを見透かしたように、湖賀は語気を強めた。

「先生、安心して遊べる相手がほしいとか言っといて、やっぱりひとりじゃ寂しいんじゃねえか。

——なあ、大丈夫だよ。おれ、先生のこと、ずっと好きでいるから」

「……おまえは、俺の学校の生徒だ」

「だったら辞めるよ、学校なんか！」

苦しまぎれの支倉の言葉を、湖賀はあっさりとねじ伏せた。

「どうせ卒業したって、大学だって行かねえし、意味なんてねえんだよ。だったらもう働いて、母ちゃん助けられたほうがいいもんな。それなら文句なく、先生のこと好きでいていいだろ？」

「馬鹿なこと言ってんじゃねえ！」

ますます強くなる湖賀の目に、支倉は抗えなくなりそうだった。

未来を捨てて、自分といたいという湖賀の、向こう見ずな若さが怖かった。

恋なんて、若さゆえの熱病だ。いつかその病が癒《い》えたら、湖賀だってきっと目が覚める。そうなったときに、未来を捨てると言いきった潔《いさぎよ》さで、湖賀が自分を捨てるのが怖くなった。

「ちゃんと考えろ、自分の将来のことだぞ」

「考えてんだよ、自分の将来のことくらい！」

耳に痛いほどの大声で、湖賀は怒鳴った。

胸ぐらを摑み上げられ、燃える目を向けられる。

「先生に言われるまで、先のことなんて考えてもなかったよ。自分にはなにもできない、自分じゃなにも変えられないからって——でも今は、そうじゃない。家族や、大事な人を守ってやれる、強い大人になりたいって思ってる。考える気がねえのは先生のほうだろ、おれが本気で先生のこと好きだって、信じる気がねえんだろ！」

ぎり、と湖賀の手に力がこもると、喉笛が圧迫されて、息をするのも苦しくなった。

こんな愛の告白があっていいのかと、支倉は向きあう男の顔を見る。

獰猛な色に染まる双眸に、自分の顔が映っていた。その瞳は、それこそ湖賀が、自分を見る目つきに似ていた。——守ってくれるべき手からはぐれ、行き場を失くした子どもの目。

「……っ……！」

呆然としていると、襟もとに強い力がかかった。視界がぐらりと傾いだかと思うと、次の瞬間にはベッドに放り上げられている。

「湖賀っ……！」

大きな身体は、シーツの上に軽々と自分を組み敷いた。

暴れても、たいした抵抗にはならないらしい。すぐに手首をまとめて掴まれ、頭の上に縫いとめられる。

唇を塞《ふさ》がれて、悲鳴さえ取り上げられた。性急に下衣を剝がれると、空気がすうっと急所を撫でて、生理的な鳥肌が立つ。

「やめ……っ、おい、湖賀……！」

「頼むよ、先生。好きなんだよ――」

懇願《こんがん》するような声音《こわね》に、力関係が不明瞭になった。精神的には下手に出られ、肉体は逆に圧倒される。その倒錯的な感覚は、過ぎたアルコールのように、支倉の思考を酔わせていく。

シャツの胸もとをめくり上げられ、支倉は激しく首を振った。

「だめだ……っ、やめろ」

「どうして？　先生、こないだ言ってたよね、挨拶みたいなものだって、だったら、おれとでもできるでしょ」

「そういうことじゃねえっ」

「なんでだよ、おれが生徒だから？　もう学校辞めるって言ったろ？」

湖賀は、支倉に強く抱きついて言い募る。

その息が、熱く湿って震えていて、駄目だ、と支倉は目を瞑《つむ》る。

なにもかもが駄目だ。湖賀が自分を好きになることも、将来を軽んじることも、自分と関係してしまうことも。

なにより、自分が——湖賀に、溺れそうになっている。それは駄目だ。怖い。

「なあ、先生、おれのこと嫌い？　頼むから、いやがんねえでくれよ……」

これだけ強く、駄目だ、駄目だと思いながら、しかし支倉は拒めなかった。

「好きだよ、先生……」

全身を投げだすように預けられると、体格のいい湖賀は重かった。触れる肌の、苦しいような熱さに胸を圧《お》され、息が詰まる。

頭上で手首を摑む湖賀の左手は、昂《たかぶ》りに加減を忘れているようだった。支倉が抵抗をやめたところで、締め上げる力をゆるめない。その荒ぶった感情のままに、もう一方の手のひらを、剝きだしになった下肢《かし》に這《は》わせ、刺激を加えようとする。

「っ、あ……」

触れてくる指先は、無遠慮な動きをしてなお頼もしかった。与えられるぬくもりに、身も世もなくすがりたいと思わせるほどには、支倉にやさしかった。

「先生……好きだよ……好きだ……」

くちづけとともに、惜しみなく肌に落とされるのは、子どもでも知っているような、あどけなく幼稚な言葉だった。唇から離れた瞬間、あとかたもなく消えるものでしかない。けれど支倉は、身体の中に、なにかが満ちていくのを感じていた。

「い……やだ、……やめてくれ……」

「先生……なんで？　ちゃんと気持ちいいんじゃん、ほら、ここ、いやがってないよ」

脚のあいだで愛撫《あいぶ》を受けている性器は、はしたなくも実りはじめていた。熱い指の絡む幹《みき》が、ほろりと先から涙をこぼす。そのぬめりを絡め取られて、奥のすぼまりに触れられた。

「……ここだよね？」

「んっ……、ぅ……」

「どうしよ、すげえ綺麗……」

頭上に手を捕らえられたままで、器用に脚を大きく割られ、隠していた場所を開かれる。じっと黙って見つめられると、興奮が空気を通して伝わってきた。見られる羞恥《しゅうち》に高められ、いやがっているはずが腰を揺らしてしまい、支倉は笑いだしたいような気分になった。

やはり自分に、教職は務まらない。生徒相手に、こんな醜態《しゅうたい》を晒《さら》す自分には。

認めてしまうと、身体はかえって素直になった。湖賀の指に触れられて、歓喜の蜜をたらたら垂らす。その蜜を閉じた蕾《つぼみ》に塗りこめられて、身体の奥が、官能の予感にわなないた。

「あ……っ、は……」

たまらず甘い息を漏らすと、覆いかぶさってくる湖賀が、陶然とした表情を浮かべる。

「先生、綺麗だ……すっげえ綺麗……」

ちゅ、ちゅっとついばむようなキスを落とされながら、手の中の性器を擦り立てられる。口で、舌で、指で立てられる淫靡《いんび》な水音に、欲情を暴《あば》かれる。ぬめりを足されたすぼまりに、指の先を押し当てられて、「挿《い》れるよ」とささやかれる。

「……っ、あ……！」

くっ、と押し入る感触に身悶《みもだ》えた。やわらかいところを、有機的な異物が進んでくる。欲情の息を呑みこんで、湖賀は内側をゆっくりと探りはじめた。

声を殺そうとしたところで、すっかり勃《た》ち上がってしまった性器は、湖賀の見ている前で蜜を撒《ま》き散らし、快感のありかを教えてしまう。

――やめてくれ。

潤む声で訴えたのは、口先ばかりの拒絶ではなかった。

からっぽだった自分の中には、もうこんなに湖賀が入りこんできてしまった。このまま湖賀に抱かれてしまえば、もう後戻りはできなくなる。湖賀を、忘れることなんてできなくなる。

「ねえ、先生……中、もうこんなにとろとろだよ。先生も、おれのこと好きなんだろ？」

内側から揺すられ、あやすように煽られていると、もうなにがなんだかわからなくなった。激情と劣情のはざまで、くたびれた身体が力を失う。

やがて、唇に丁寧なキスが施《ほどこ》されたかと思うと、かすかな金属音が聞こえた。はっとして見遣《みや》れば、湖賀がベルトを外している。

「……湖賀……！」

思考を覆っていた快楽が、ひとときで霧散《むさん》した。自分の甘さに気づいて、支倉はもがく。

「駄目だ、やめろ……！」

湖賀は、男同士のセックスを知らない。わからないから、執着しているだけだと思っていた。支倉はどこかで、湖賀が本当には男を求めてくるはずがないと――自分を、本当の意味では求めてくるはずがないと軽んじていた。湖賀の気持ちを、信じようしていなかったのだ。

「……っ、あ――……！」

その罪を咎めるように、燃える猛《たけ》りが後孔《こうこう》をぎちりと拡《ひろ》げた。熱杭を打ちこまれ、衝撃に背がしなる。反らした喉に嚙みつかれ、内壁《ないへき》がぞくりと収縮すると、熱の震動に痛みが混じった。

「う、っ……」

本能的に身体が逃げるが、湖賀の手はそれを許さない。片手は支倉の手首を捕らえたまま、さらに片手で、膝の内側を押し広げる。

もうこうなれば、抗わないことしか身体を守る術《すべ》はなかった。

屹立《きつりつ》が進んでくるのに合わせ、少しずつ息を吐きながら、ぶわりと汗が浮く全身をゆるめる。湖賀はそれを受け容《い》れる意思だと見たのか、一気に腰を進めてくる。

「……は……っ……」

たがいの身体がぴったりと重なるところまで埋めこむと、湖賀はそこでようやく息を吐き、支倉を捕らえていた手枷を解いた。

身体にどっと血が巡り、つながっているところまで脈打つように熱くなる。

「……先生……先生、ねえ、泣かないでよ」

湖賀は、自身を腹に埋めたまま、支倉の頬を両手で包んだ。

その濡れた感触で、自分が泣いていることを知る。

「うるせえ……めちゃくちゃしやがって……」

ひくりと喉が引きつると、嗚咽《おえつ》に聞こえた。ぼろぼろと目尻からこぼれる雫を、湖賀の熱い舌が舐《な》め取っていく。

「ごめん……痛かった？　泣かないで、ね、先生……」

こんな無体《むたい》をはたらいておきながら、今さら泣くなもないだろう。

けれど湖賀は、動物の親がその子にしてやるように、支倉の目尻を、頬を、唇を、熱心に舐めてい

た。支倉は、もう惰性でだらだら涙を流しているだけの目で、恨みがましく湖賀を睨み、とうとう短い息をつく。こんなのは、まるで——愛されているみたいじゃないか。

息を落ち着かせた支倉の瞳を、湖賀が覗きこんでくる。

「ね、先生……おれ、どうしたらいい？　先生のこと、好きなんだ……」

切なげに寄せられた眉根に、胸を甘く抉《えぐ》られる。そのごく近いところに、熱い漲りを埋められていて、支倉はこの目の前の男に、身体じゅうを支配されているような気になった。

いっぱいに、満たされている。

熱いものが目縁からあふれてくるのは、そのせいだ。

支倉が泣くので、湖賀の顔はよりいっそう心細げに曇っていった。その頬に手を当てて、ゆっくりと撫でてやる。すると湖賀は、たまらなくなったように支倉を抱きしめ、「好きだ」と絞りだすように何度も言った。鎖骨《さこつ》に触れる湖賀の吐息が、灼《や》けるように熱い。

「ねえ、先生、好きだよ。もうこんなの、どうしていいかわかんねえよ……」

湖賀も泣いていた。愛しい癖のある黒髪が、鼻先をくすぐっている。

抱きすがる腕の力に、一度だけなら許されるだろうかと、そんな考えが浮かんできた。

自分を求めてくれる腕、自分を開いて、満たす身体。誘惑は揃っている。一度だけだ。俺だってこいつと、好きな男と交われるなんて本望だ。

本気でそう思う自分が哀れで、ひどく滑稽《こっけい》で、支倉は思わず笑《え》んだ。

「——今さら逃げねえから」

支倉が言うと、湖賀は涙でぐちゃぐちゃになった顔を上げた。

みっともない顔だった。こんなに無様《ぶざま》で、剝きだしで、生まれたままの感情を、惜しみなく渡される。絆されないはずがなかった。愛おしかった。

「がっつくな。ゆっくりやれ」

痛えんだよ、とうそぶくと、湖賀は「うん」と洟《はな》を啜り上げた。

もう一度、湖賀は強く支倉の身体を抱くと、そうっと、試すように揺すりはじめた。

「……ごめんね、先生……」

——ごめんね、先生。

湖賀の罪を許すのは、自分ではないはずだった。

密着した胸と胸は、平らで嚙みあうところがなかった。やわらかさのない身体と身体は、ただぶつかりあって跳ね返るだけだ。濡れない器官も、つながるには見当違いな場所からこぼれる蜜も、まだ腫れたように痛む後孔も、間違っている、抱きあうのは許されないことなのだと、口を揃えて自分たちを責めているようだった。

愛されることなんて、諦めたつもりでいた。

けれど、湖賀に求められて知ってしまった。自分は人のぬくもりに飢《う》えていた。

いつのまにか閉じていた目を開けると、湖賀は支倉を突きながら、切なげに自分を見ていた。

「——先生……っ」

快感よりも、強い痛みに烟《けぶ》る目に、湖賀の瞳がちらちらと揺れる。欲情に燃える目の色は、警告の光に似ていた。惑溺《わくでき》に墜《お》ちていく。こんな状況で、自分に痛みを与える張本人を、可愛い、愛しいと思う自分は、もうおかしくなってしまったに違いない。

痛みを凌駕《りょうが》しはじめた愉悦《ゆえつ》を追って、支倉は理性を手放すことにした。

最奥《さいおう》で、湖賀の熱が弾けて飛沫《しぶ》く。内側をいっぱいに満たされ、あふれるほどに注がれる。こんな充足を覚えこまされてしまっては、ほかの誰かとは抱きあえなくなる。

果てた男が、ずっしりと自分にのしかかった。

「先生……好きだよ……」

うわごとのようにささやかれ、また目尻を涙が伝った。涙腺《るいせん》までいかれてしまったようだった。

自分はやっぱり、おかしくなってしまったのだと思う。

報われないことはわかっていた。一度だけでも構わなかった。

それでも、こいつに——湖賀の腕に抱かれているということが、涙が出るほど嬉しかった。

泣き疲れては眠り、目覚めては抱かれを繰り返し、ようやく身を起こしたのは早朝だった。

眩しいと思ったら、遮光《しゃこう》のカーテンを閉めていなかった。薄いレースのカーテン越しに、まだ真横から射しこむ朝の光が、ぐしゃぐしゃに乱れたベッドで眠る湖賀に降る。

その頬に、涙の痕がついていた。

拭ってやろうと手を伸ばしかけ、思い直してふとやめる。

前髪の隙間から、引きつれだけになっている傷が、途切れ途切れに覗いていた。はじめてまともに話したとき、支倉は湖賀の傷に触れようとしていた。痛むなら、癒やしてやろうと思ったのだ。決して傷つけ、泣かせたいわけではなかった。

これ以上、湖賀の期待には応えられない。自分は諦めていたものを、ひと晩だけでもこの手にできた。愛したものの近くにいれば、自分はまた壊してしまう。

支倉がベッドから出ようとすると、床に蹴り落とされていたデニムのベルトが床と触れあい、かたんと小さな音を立てた。

起こしたか、とベッドを見ると、湖賀はちょうど起き上がろうとしているところだった。

「……先生」

目もとをこする幼い仕草に、胸を甘く引っかかれる。

「起きたか」

うん、とうなずいて、湖賀は窓のほうに目をやった。かすかに笑うと、「晴れたね」と、朝陽を浴びてそう言った。

「……晴れたな」

支倉は、湖賀の顔から目を離せずにいた。明るいほうを向く湖賀の顔は、触れがたい神聖なものに見えた。自分は今まで、見てはいけないものを見ていたのだという気がした。

「――コーヒーでも淹れるよ」

無理やり視線を引き剝がし、支倉は踵を返した。

すると湖賀は、「いいよ、帰る。学校、呼びだされてるし」と、あっさりと服を着てしまった。そのまま玄関先まで歩き、脱ぎ散らかされていたスニーカーを拾う。

「安心してよ、先生のこと喋ったりしねえから」

とんとん、とスニーカーのつま先を鳴らして履《は》きながら、湖賀は言った。

「あの日は、親のおつかいで遅くなったとか言っとくよ。気分悪くなったとこを、偶然通りかかった先生に助けてもらったとかどう？」

「苦しいな」

「大丈夫だって。おれだって、もうこれ以上母ちゃん泣かせたくねえし」

言いながら、湖賀は前髪をめくり、額の傷を見せて笑った。

「ああ、頼む。――すまん」

「ううん。……おれのほうこそ。ちゃんと守ってやれなくて、ごめんね、先生」

――ごめんね、先生。

それが、湖賀の出した答えなのだろうか。

湖賀がドアノブに手をかけた。

「結局泊めてもらっちゃった。ありがと」

「大丈夫か、家族に連絡は」

「うん、おれもう高校生だよ。たぶん心配もされてねえよ」

情けなく眉尻を下げて笑うと、湖賀は、じゃあ行くね、と手を振った。

ああ、と支倉が応じると、ドアを開けかけていた湖賀は、はたと振り返って言った。

「あのさ、先生。これ」

「――？」

湖賀が差しだしているのは、細長い、指ほどの大きさの短冊《たんざく》で――それがなにかということに、気がついて目もとが歪んだ。

それはいつか、支倉が電話番号を書きこんで、湖賀に渡した絆創膏だった。

受け取ると、絆創膏は手の中でかさりと音を立てた。角が折れ、くしゃくしゃになったそれは、渡してから今まで、ずっと大切に持ち歩いていたのだろうと思われた。

「おれ、親父に殴られてたときに、痛い感覚なんてなくなりゃいいのにって思ってたんだよ。でも痛いのって、必要な感覚なんだってね。生きものが、死ぬようなでかい怪我せずに生きてくために」

湖賀がなんの話をはじめたのか理解できず、支倉はぼんやりと聞いていた。

「傷も、痛いのと同じだよね。痕が残るから、またあんな痛いことにならないように気をつけようって、時間が経っても思えるんだよね」

尋ねて小首を傾げる湖賀の、前髪の向こうに傷が見える。

これを返されたということは、もう湖賀は、ひとりでも大丈夫だということだろうか。

湖賀の負った傷は癒え、これから先、痛い思いをしなくても済むように、彼に警告を与える痕になった。湖賀が自分に対して持っていた感情も同じだ。痛むことのない痕に——思い出にしてしまうことにしたから、もう絆創膏は必要ない。

湖賀は自分の助けがなくても、ひとりで立って生きていける。

それは、ひとりの生徒を受け持った教員として、ごく普通に嬉しいことであるはずだった。

「……そうだな」

——傷つかずに、いてほしい。

手を離すことになったとしても、愛したことに変わりはない。そしてこの恋が胸中の傷となるのなら、湖賀の言うことも腑に落ちた。こんな傷を負うのなら、もう恋なんてしない。絶対に。

支倉は、清々《すがすが》しく笑った。

「気をつけてな」

「うん、ありがと。じゃあね」

湖賀は、ぱっと寂しく光るような笑顔を残して、次の瞬間には扉の向こうに消えていた。

支倉は息をひとつつくと、部屋の中へと踵を返した。

踏み荒らされた玄関を片づけ、くしゃくしゃになったシーツを洗う。蹴り散らかされた本やディスクを重ねているうちに、ひさしぶりに煙草を吸いたくなった。

家の中の片づけを終えると、コンビニに行き、食べるものを買うついでに煙草も買った。レジで金を払いながら、今さら吸いたくなるのもおかしなものだなと考えた。どうせなら学校にいられたうちに、禁煙も駄目になればよかった。そうすれば、大矢と喫煙所の愚痴《ぐち》を言いあえた。それはそれで、楽しかったに違いない。けれど——もう。

なにもかもが、遅かった。

湖賀の証言があったからか、自分たちが男同士だから深くは疑われなかったのか、そのあたりのことはよくわからない。結局、支倉は学校側の方針が固まるまでの自宅待機だけで済み、湖賀は深夜出歩いていたことについての反省文を書かされて、それ以上のお咎めはなしということになった。

しかし人の噂というものは、どのように伝わっているかわからない。

学校にメールをしてきたのはどうやら近隣の住民で、湖賀が制服を着ていたために、その生徒が誰とは知らず、連絡をしてきたようだった。

だがそのほかに、どこかで別の生徒や保護者が見ていないとも限らない。

そして、支倉が生徒と関係したということを、ほかの生徒がひとりでも知っている可能性があるのなら、支倉は養護教諭でいるべきではなかった。

保健室は、学校の中にある避難場所だ。生徒が頼りたいと思ったときに、ほんのわずかの懸念《けねん》事項もあるべきではない。それは、養護教諭という自分に与えられた役割を、またきちんとこなせなかった支倉の、最後の誠意のつもりだった。

支倉の決意が固かったうえ、事態が事態だったので、学校側からは強い慰留《いりゅう》もなかった。

年度途中の辞職ということで、ちょうどタイミングの合う一月末、全校集会で挨拶をする日が支倉の最後の出勤日となった。

全校集会の日の朝は、すっきりとよく晴れていた。

おかげで、生徒を集めた体育館は乾燥していてやたらと寒く、校長の話があまり長くなると生徒たちが風邪《かぜ》を引くとか、そうでなくても受験生が貧血で倒れる時期なのにとか、教員たちの列の端に並びながら、支倉はいまだにいろいろと気を揉んでいることが可笑しくなった。本当に、悪い仕事ではなかった。むしろ好きだった。手放すことが、こんなに惜しいとは思わなかった。

全校への連絡がひととおり終わったあと、新任の養護教諭の挨拶があり、それに続いて「それでは最後に」と教頭が言いはじめたときには、支倉はおだやかな気持ちにすらなっていた。

「今日で学校を去ることになりました、支倉先生にひと言いただきます」

「はい」

壇に上がると、あらためて全校の生徒を見渡した。

支倉の勤務する高校は、一学年が八クラス、今日の欠席は十五人。そのうち十一人の欠席の理由が風邪と腹痛で、あとの四人のうち一人は忌引《きび》き、もう三人は遅刻とサボりの常習だった。

風邪はまだ、流行と言えるほどではない。しかし受験生は大事な時期だ。壇上に立つと、あたたかくして部屋の湿度を保つ工夫をと言いたくなって、今日は違うのだ、と思うと、とくに意識せずとも笑えた。そうだ、今日は違うのだ。

「今、教頭先生がおっしゃったとおり」

口を開くと、マイクを通して自分の声が、広い体育館に響き渡った。

「一身上の都合で、学校を去ることになりました。みなさんの進級、卒業を見届けられなかったことは、とても残念に思っています」

高いところにある窓が、朝の陽に輝いている。磨かれた床に落ちる光は、生徒たちの姿を明るく映し、目に痛いほど眩しかった。

「私は、みなさんの授業を受け持ったことはありません。しかし、毎日保健室にいて、みなさんの身体や、心の不調を聞いてきました。この学校に勤務して五年目でしたが、その中で気づいたことは、どの生徒にも悩みがあって、それぞれの環境があって、違う人生があるということです」

湖賀のクラス、二年八組の生徒の列は、体育館の、向かって右のほうだった。

出席番号順に並んでいるので、湖賀は比較的前にいた。同級生より背が高いから、ぽこりと頭が飛びでている。その頭は下を向いていて、顔は見えない。

「……医療行為のできない私では、治せない不調もありました。私の経験では、手を差し伸べられない悩みもあった。けれど私は、人はみな、誰かに愛されて生きられると信じています。私は少なくとも、この学校の生徒のみなさんが好きでした」

教師と生徒でなければと、そう考えたことがなくもない。

けれど思えば、恋はもっと自由なものであるはずだ。結ばれずとも、こうして想い続けることはできる。おまえが——湖賀、おまえが生きていてくれてよかったと、そのくらい馬鹿でどうしようもないことを考えていたって、思っているだけならば、誰にも咎められはしない。

「……これから先、つらいことも苦しいことも、生きていく上ではあるでしょう。そのときは、自分が誰かに愛されているということを思いだしてもらえたらと思います。幸せになってくれと、それが私からみなさんに渡すことができる、唯一の宿題です。どうか、元気で。幸せになってください」

最後の言葉は、湖賀に向けたつもりだった。

一礼して降壇すると、ぱらぱらと体育館の中に拍手が起こった。

教員の列に戻ると、一番手前側の列、自由登校でまばらになった三年生が、先生、支倉先生とこちらに手を振っている。女子の中には目頭にハンカチを当てている生徒もいて、支倉は不覚にも、こみ上げてくるものを抑えられずにうつむいた。またた。俺はまた、誰かの期待を裏切った。自分を求めてくれる居場所は、ここにも確かにあったのに。

解散が言い渡されると、相原たち生徒が数人、支倉のまわりに寄ってきた。クラスの寄せ書き、小さな花束を渡されて、別れの言葉を口にする。

ちらりと目をやった体育館の前方には、生徒がひとかたまり、寄り添うように取り残されていた。その中央に、手のひらで目もとを覆っている生徒がいる。湖賀だった。

咳《せ》くように上下する背中を、湖賀とよくつるんでいる男子生徒が叩いている。

——なんだ、あいつ、人前で泣けるようになったのか。

安堵する一方で、湖賀に頼られ、湖賀を慰《なぐさ》めてやる人間が、これからは自分ではないのだということに、言いようのないやるせなさを覚えた。

——先生。

甘ったれた声で呼ばれるのが好きだった。先生、という響きも悪くなかった。でももう自分は、湖賀の先生でさえなくなる。自分を求めてすがる腕も、呼び声も肌の熱も、ぜんぶ支倉の過去の傷だ。

これでよかった。

支倉は、友人たちに囲まれる湖賀から目をそらした。

後任の養護教諭が、支倉の腕いっぱいになった色紙と花を見ながら、「愛されてたんですね」と微《ほほ》笑《え》んだ。支倉よりもずいぶん年上の彼女は、子育てを終えたベテランだ。引き継ぎの様子からしても、生徒たちが不自由することはないだろう。

「いい生徒たちなんです」

支倉が言うと、わかります、と彼女は、まだ友人に囲まれている湖賀に目を細めた。

誰でもいい、と支倉は思う。この養護教諭でも相原でも、ほかの生徒でも誰でもいい。自分以外なら誰でもよかった。——そばに、いてやってくれ。

一月の朝の陽射しは明るく、空気は凛《りん》と澄んでいた。

冬は終わり、季節は春へと向かっている。けれどまだ、ひとりでいるには寒すぎる。

だから、早く気づいてやってほしい。強がって、平気で明るいふりをして、その実、誰よりも寂しく凍えている、あいつの孤独な心のうちに。

誰か——どうか、俺のかわりに。

Ⅱ

財布からカードを抜きだした拍子に、白い紙切れがはらりと落ちた。

コンビニの床からそれを拾い上げ、支倉は目をたわめる。

七年も経ったので、台紙の部分がぱりぱりに乾いてしまった絆創膏だ。いつもは奥のほうに仕舞いこんでいるはずなのに、こうしてときどきぽろりと出てくる。

台紙の裏の部分には、七年前の携帯の番号が書かれていた。高校の保健室で、自分がボールペンで書いた。当時、気にかけていた男の傷を、癒やしてやろうと渡したものだった。今となってはもう、遠い街にいたころの話だ。その絆創膏に、巡り巡って自分の失恋の傷を癒やされている。

――いや、そういうわけでもねえか。

癒やされている、というのは語弊があった。傷は確かに、ゆるやかに癒えた。こうして当時を思い出し、懐かしく思えるくらいには。けれど折に触れ記憶が呼び起こされるのは、この胸のどこかに、引きつれたままの傷痕が残っているからだ。

――痕が残るから、またあんな痛いことにならないように気をつけようって、時間が経っても思えるんだよね。

あいつの言ったとおりだと、今となってはうなずける。

この街に移り住んだ七年前は、この絆創膏が目に入るたびに視界が滲んだ。それでもその傷を捨てられず、こうして持ち続けているからこそ、支倉はいつでも、あのときの決意を思い出せる。

――こんな傷を負うのなら、もう恋なんてしない。絶対に。

支倉は、レジであたためてもらった弁当を受け取ると、勤務先の学習塾へと戻った。

遅めの昼食を取りながら、今日の授業範囲に目を通す。

この地に来て得た塾講師の仕事は、ある意味では保健室での仕事に似ていた。

勉強だけなら、学校でも教わるし、ひとりでもできる。けれど塾では、勉強を教えるだけではない、それ以外の進路の悩み、学校での相談ごとを、生徒に近い距離でケアすることができた。

長期休暇の講習を除けば、基本的には判で押したように規則正しい商売だ。彼――湖賀と出会う前と同じ、おだやかで、淡々とした日々だった。

けれどもう、寂しい夜でも、街に出て男を探せばいいとは思わない。三十四という年齢のせいもあるだろうが、ふわふわと根なし草のように生きていたあのころとは、根本的に違っている。強い絆を求める自分を、湖賀に思い知らされたからだ。

かたわらに置いていた携帯が震え、支倉は意識を引き戻した。

携帯を開くと、メールが一通届いている。差出人は、渡部良輔《わたべりょうすけ》——支倉のパートナーだ。

《今日の約束、急患で遅くなるかもしれない。急ぐけど、期待しないで》

わかった、と短く返信した。

渡部がこう言ってくるときは、まず間違いなく、約束の時間には間にあわない。外科医という職業柄、仕方がなかった。つきあって六年目ともなれば慣れたものだ。

予約していた席は、キャンセルしておいたほうがよさそうだった。

店の電話番号を、渡部のメールから探して電話をかける。

——それにしても。

電話を鳴らしながら訝った。

支倉と同様、渡部は派手な生活を好まない。最期まで自分の身を養えるよう、こつこつと貯金しているタイプだ。しかし今日、渡部が予約していた店は、めかしこんで行ってもおかしくない値段のフレンチだった。どうして突然、と疑問に思いはしたものの、理由を尋ねるのを忘れていた。

——誕生日でもねえし、記念日とかっていうタイプでもねえし。

今までの渡部の行動からは、想像しにくいのが余計に気になる。

渡部とはじめて会ったのは、前職を離れてすぐに移り住んだこの土地で、季節が一巡しようという冬だった。

腑抜けの状態で越してきて、夏にかけて回復した体調は、秋が深まるにつれてまた後退した。

冬は、湖賀といた唯一の季節だ。ぬくもりの記憶に苛まれ、寒くなると食べものが喉を通らなくなった。失恋で食べられなくなるなんて、少女のようだと自分を笑った。けれど笑ってみたところで、食べられるようにはならず、体力も戻らなかった。

その日も、ひどい貧血のような症状が続いていた。

支倉は、職場近くの病院を受診しようと、普段よりも早めに出かけた。そして病院の敷地にたどり着くなり、目眩《めまい》で立っていられなくなった。

そこを助けてくれたのが、その病院に勤めていた渡部だった。

『大丈夫ですか？』

へたりこみそうになった腕を取られて、強い力で引き上げられる。

朦朧《もうろう》としながらも、自分の腕を摑む力の強さに、ああ、いいなと思っていた。そのまま、思いきり抱きしめてくれたらいいのに。あいつみたいに。

『だいじょうぶ……です』

翳《かす》む目に映ったのは、心配そうにこちらを覗きこむ顔だった。

長身に、さらりと品のいい黒茶の髪の、ほどよく年上の男。支倉よりも四つ上だから、当時の渡部は三十四だ。もともと自分は、こういうすらっとした年上の男が好みだったんだと思い出した。あいつに——湖賀に、会うまでは。

渡部はその日、夜勤明けで帰宅するところだったらしい。ふらふらと足もとのおぼつかない支倉につきそってくれ、受診の手続きから支払いまで、すべて世話をしてくれた。

『そりゃあ、自分のタイプど真ん中の子が行き倒れてたら、誰でも世話したくなるだろう？　むしろラッキーってくらいなものだよ』

雰囲気でおたがいに同性が恋愛対象なのだとわかり、何度か食事をしたあとで、つきあおうかということになったとき、渡部ははにかみながらそう白状した。

渡部は、華やかな見た目にそぐわず、それなりに保守的で地味な中身の男だった。外食よりも家で食事をするのを好み、学生時代から鍛えた自炊の腕はなかなかのものだ。

その渡部が、今夜は外で食事をしようというので、どういう風の吹き回しかと思っていたのだ。

予想どおり、彼は待ちあわせの時間に遅れ、食事は渡部の家ですることになった。

「せっかくいいとこ予約したのにな」

テーブルの上のものをあらかた平らげるころになっても、渡部はまだぼやいていた。

「諦めろって。だいたいこの時間じゃ、ゆっくりもできねえだろ」

「まあ、そうだけど。——今日はちょっと、特別にしたかったから」

渡部は切り替えようとでもいうように、テーブルの向かいで居住まいを正す。

「なんだよ」

支倉も、渡部につられて背筋を伸ばした。

「実は——転職しようかと思ってる」

「転職？」

「正確には、病院を移ろうかと思ってね。俺ももう三十八だ、外科医が転職するには、年齢的にリミットなんだよ。ちょうど興味のあった先進病院に、先輩が呼んでくれることになった」

「へえ、そりゃよかったな。どこの病院？」

親しい人間の夢の実現が素直に嬉しく、支倉は先を促した。

「うん。それなんだけどね——誓」

「どうした」

「ついてきてくれないか、東京に」

「……東京？」

覚えず、苦い顔をしてしまった。

それをどう思ったか、渡部はちょっと困ったように口の端を上げる。

「そういう反応になるんじゃないかって思ってたよ。誓、帰省しようともしないもんな」

「親とは、縁切れてるから」

「じゃあ――東京に、昔の恋人でもいる？」

思いのほか、真剣に訊かれた。支倉は、こくりと音を立てて唾を飲む。

「恋人じゃ……ない」

あからさまな反応を、渡部は「本当か？」と笑う。

「ほんとだって。本当に――恋人じゃ、ねえんだよ」

そう――湖賀は、恋人ではなかった。自分は高校の養護教諭で、湖賀は生徒のひとりだ。湖賀とのことを、渡部には話していない。

――もうしばらく、誰かを好きにはなれそうにねえから。

渡部と知りあったばかりのころ、支倉はそう言って一度、渡部を振ったことがあった。

ひどい失恋を経験して、その傷が癒えない。もう新しい恋は、できないかもしれない。

それを理由に渡部の気持ちを拒んだところ、『彼のことを忘れられなくてもいい。その傷が癒えたときに、俺と向きあってくれればいいから』とあえて詳しい話は聞かずに、つきあうという言質《げんち》を取られた。

それにしても、あれからもう六年だ。

相変わらず、渡部は支倉によくしてくれる。乾かない失恋の傷をつつくことなく、静かに一緒にいてくれる。けれど、こんな顔をしてしまえば、まだ以前の恋を忘れられないことが、渡部にもわかってしまうだろう。

曲がりなりにも、渡部は今の自分の恋人だ。その恋人に、こんな顔をするのは不誠実だった。

頭ではわかっていても、東京についてきてくれ、という申し出に、なにを思えばいいのかわからない。自分がここまで動揺してしまっていることにも、いつもは思いださないようにしている傷を突きつけられているかのようで、指の先がつめたくなった。

「……悪い。焦りすぎたな」

答えあぐねて黙っていると、渡部はふと笑った。

「困らせるつもりじゃなかったんだ。大人げなかった」

「……なんだよ。どうしようかと思ったじゃねえか」

ついほっとしていると、渡部は切なげに目を眇めた。

「誓を、試したかったのかもしれないな」

「試す？」

「そうだよ。――そろそろ、俺を見てくれてもいいんじゃないかと思って」

渡部は、テーブルの上に置いていた支倉の手に軽く触れた。

「まだ時期尚早だったな。言い直すよ。誓、焦らなくていい。まだ、俺のほうを見てくれなくていい。

でも、そばにいたいんだ。俺に、ついてきてくれるか？」

支倉を見る渡部の目は、真剣だった。その瞳に刹那的なものは見えない。渡部が望んでいるのは、おだやかに、ふたりで育《はぐく》んでいく愛情だ。

こちらからはなにも与えることのできない支倉を、ただ受け容《い》れて、許してくれる。自分がこれまで探していたのは、こんな居場所ではなかったか。

触れていただけの手のひらに、きゅっと力がこめられた。あたたかい。

——先生。

すがる腕のぬくもりを思いだす。孤独だった自分に刷りこまれた、人肌の記憶。

皮肉なものだな、と感じないわけにはいかなかった。

湖賀のぬくもりを知ったことで、ひとりの人生に寂しさを覚えていたことを知ってしまった。ずっと居場所を求めていたのだ。こうして一緒にいてくれるという人間が、たとえ恋した男でなくとも、誰かに必要とされることは嬉しかった。

支倉は、渡部の手を握り返す。

「……いいのか、俺で」

「——誓が、いいんだよ」

席を立った渡部は、そっと支倉を立ち上がらせた。抱きしめて、丁寧なキスをくれる。自分を抱く腕はおだやかで、幸せとは、こういうものなのだろうかと考える。

——痕が残るから、またあんな痛いことにならないように気をつけようって、時間が経っても思えるんだよね。

渡部の胸に頰を預け、支倉は、真綿《まわた》のようなぬくもりのなかで目を閉じた。もう自分は、あんな恋はしないと決めた。あんなふうに胸を抉《えぐ》る、痛くて、すべてを奪われてしまうような恋は。

「良輔」

恋人の名を呼べば、やわらかな声が返ってきた。

「うん？」

「……行くよ、東京。良輔に、ついていく」

「——ありがとう、誓」

やんわりと、渡部の腕が自分を包む。

これもきっと、恋なのだろう。

ただし今度は、大人の恋だ。

自分のかたちを変えてしまうほどの、圧倒的な恋ではない。胸を締めつけられることも、抱き潰されてしまうこともない、やさしくて、おだやかな恋なのだ。

渡部が新しくポストを得たのは、都心にある、病床数四百超の大病院だった。

専門性の高い治療ができるとのことで、渡部はやりがいを持って仕事をはじめたようだ。手術だ当直だと忙しく、せっかく一緒に暮らしはじめたというのに、家で顔を合わせる暇もない。

「俺の都合で引っ越したんだから、誓はじっくり次の仕事を選べばいいよ」

多忙を極める彼の言葉に甘え、しばらくは渡部にかわって転居に伴う手続きをしたり、荷ほどきをしたりして過ごした。

けれど半月が過ぎるころには、さすがに手持ち無沙汰になる時間ができる。

院内ボランティアの人手が足りないと聞いたのは、ちょうどそんなときだった。

「もし、誓の負担にならなかったらだけど」

ひさしぶりに帰宅した渡部は、食事を済ませるなり、また着替えを持って家を出ようとしていた。

支倉は見送りに出た玄関で、渡部の言葉を聞いていた。

「ちょっとのあいだ、院内ボランティアやってみる気はないか？」

「ボランティア？」

「そう。いつも来てくれてるスタッフさんが、家の事情でしばらく来られなくなったらしいんだ」

渡部が勤務する病院では、院内の案内や、入院している患者の話し相手などの一部を、ボランティアスタッフが担っているのだという。スタッフとの会話の中で、渡部が『ごく親しい友人である同居人』が元養護教諭だと話すと、「ぜひ手伝いに来てほしい」ということになったそうだ。

「俺も職場に慣れるまでもう少しかかると思うから、できれば家の面倒は、今のまま見ててくれると助かる。俺の届けもののついでとかでいいから、一度様子を見てみてくれないか」

「ああ——そういうことなら、むしろ行くよ」

ふたつ返事で引き受けたのは、ボランティアスタッフの活動の内容に、養護教諭の仕事と共通している懐かしいものを感じたからだ。

支倉はさっそく翌週から、週に二度のボランティアに通うようになった。

渡部の勤める病院は、子どもが多く受診するためか、明るく開放的なつくりだった。ゆったりとした敷地には、四季折々の草花が植えられている。

支倉は、今は葉の落ちてしまった桜の木を見上げていた目を、隣にいる少女に移した。

「なあ、麻友《まゆ》」

遠慮がちに呼びかけると、支倉と同じベンチに座っている少女——麻友は、「なに」と不機嫌に返事をした。ピンク色のパジャマに支倉のコートを羽織り、まっすぐな長い髪の上から、マフラーをぐるぐる巻きつけている。外に出ると言って聞かなかったので、支倉の防寒具を貸してやったのだ。

「そろそろ……」

病棟に戻ろう、と言いかけて、やはり麻友の目の縁《ふち》が赤いことが気になった。同時に、麻友が先日の検査の結果次第では、退院できるとはしゃいでいたことを思いだす。

——あんまり、よくねえ結果だったかな。

十一歳という年齢のわりに、麻友は大人びた少女だった。入退院を繰り返しているうちに、大人にならざるを得なかったのかもしれない。

支倉が親しくなった患児たちには、両親やきょうだいが自分の病気に心を砕く姿を見て、自分のせいだと責任を感じ、わがままを言えない子が多かった。

そういう子に会うたびに思いだすのは、七年前、保健室で聞いた湖賀の言葉だった。

——だからおれが、どうにかしなきゃいけねえんだよ。

あのとき、家族を守ろうとしていた湖賀も、支倉に事情を話しはじめるまでには、ずいぶんと時間がかかった。麻友もおそらく、目が赤くなるまで泣いたわけを自分から話そうと思うまでは、そっとしておいたほうがいいのだろう。

支倉はもう一度、頭上の桜に目を戻した。

ボランティアをはじめてから、ひと月が経っていた。今年も最後の月に入った病院では、師走《しわす》の字が示すとおりに、医師たちがいっそう慌ただしく走り回っている。

見上げた空は、麻友の心のうちを映してか、どんよりと灰色に曇って重い。今週はついに、最高気温も十度を切った。風邪を引かないうちに、できれば早く麻友を病棟に戻してやりたい。

「――今日はいいのか？　分教室は」

麻友の様子をうかがいつつ、いつも喜んで通っている、院内学級のことを口にした。ここは大きな病院なので、入院中の子どもたちのために、教員が勉強を教えてくれる学級が置かれているのだ。

麻友は難しい顔をした。

「んー……宿題、できてないから」

「めずらしいな」

「気分じゃなかったんだもん」

「ふうん？　――なんか、あったのか」

控えめに訊くと、麻友はしばらく、ベンチから下ろした足をぶらぶらと揺らしていた。けれどそのうち、ぽつりと独り言のように口を開く。

「……検査の結果よかったら、クリスマスまでに退院できるって言われてたのに」

麻友は、赤い頬をぷうっと膨らませた。

憂鬱《ゆううつ》の原因は、やはり検査の結果らしい。

支倉は、麻友ができるだけ思っていたことを吐きだせるよう、相槌を打った。

「そういえば、退院したらクリスマス会やるって言ってたな」

「うん。先月退院した美菜《みな》ちゃんが誘ってくれたんだ。友達みんな呼ぶからって」

「いいな、賑やかそうで」

「でしょ？　男子もいっぱい来るって言ってたのに……」

思いのほか、ませた理由を打ち明けられて、支倉はついふきだした。こらえようとして肩を揺らす支倉を、麻友は「なによ」と不満げに見る。

「分教室にだって、男子いるだろ」

「いるけどさあ。どうせ翔太《しょうた》とかでしょ？　わたし、子どもっぽい男はきらい」

麻友はぷいとそっぽを向いた。翔太は、分教室に通う麻友と同学年の男子だ。小学五年生が子どもでなくてどうするんだとは思うけれど、小学生は小学生で、彼らの世界があるのだろう。

苦労して笑いを収めた支倉は、悲観するな、退院すれば、男は星の数ほどいると言ってやろうとして麻友を見た。そして、言葉を飲みこんだ。

先ほどまでの生意気な様子とは打って変わって、麻友は沈んだ面持ちをしていた。

「なんだかさぁ……」

はあっ、とため息をついて、麻友は言った。

「わたし、この先、彼氏作ったり結婚したり、できるのかなあ……」

どうも彼女は、治療が予定どおりに進んでいないようだった。

文倉も、主治医から状況を軽く聞いている。

病院にいる子どもたちは、大人の顔色をうかがうことに長《た》けていた。

きっと麻友も、自身の病状について、大人たちの表情からなにかを感じ取っている。その上で聞く麻友の発言は、重たいものに感じられた。

麻友がクリスマスまでに退院したがっていたのは、友達とのパーティーばかりが理由ではないだろう。昨日は、仕事が忙しいという麻友の母親が、検査の結果を聞きがてら面会に来ていた。ひさしぶりに自宅に戻り、家族と過ごせることを楽しみにしていたのだ。

病気の不安、将来の不安、同じ年ごろの子どもたちと、同じものを手にできないやるせなさ。どうして自分は、ただ人と同じにすることさえできないんだろう。いったい自分は、この先どうなってしまうのだろう――文倉自身も、思春期のころから抱えて続けてきた感情だ。

しゅんと肩を落とした麻友に、なにか言葉をかけてやりたかった。

なんとか、励ましてやりたい。

「――よし」

文倉は、両手でぱんと膝を叩くと立ち上がった。麻友に向きあうようにベンチの前で、膝に手をつきしゃがみこむ。

「じゃあ麻友には、いいものやるよ」

「いいもの？」

「ああ。運命の人に、出会えるお守り」

支倉は、パンツのポケットから財布を出し、絆創膏を引っ張り出した。台紙の裏に、七年前、自分の電話番号を書いた——湖賀にやった、絆創膏だ。

「お守り？　これが？」

麻友は絆創膏を受け取ると、目をぱちくりさせている。

「なんか、電話番号とか書いてあるんだけど」

「俺の、昔の番号」

「えっ？　支倉さんが書いたの、これ」

「そうだよ。でも、それで俺も運命の人に出会えたからな。効果は保証済みだ」

「うそー、それ、今の彼女？」

さっき泣いたカラスが笑うような変わり身の早さで、麻友は楽しげに訊いてきた。

支倉は、無邪気な問いかけにふと頬をゆるめた。彼女でもなければ、恋人でもない。それでも、自分にとっては運命の人だ。

「ノーコメント」

「えーっ、教えてくれたっていいのにー」

麻友の表情に、明るさが戻ったことに安心する。

「そのうちな。そろそろ、行くか」

立ち上がると、麻友も気分が変わったらしく支倉に倣《なら》う。

支倉は、少し考え直して、「今の、ふたりだけの秘密だからな」と、病棟の入口へと続く小径を歩きながら口止めをした。この話が、渡部の耳に入るのは胸が痛む。やさしい恋人を、余計なことで傷つけたくはなかった。

「どうして？」

「どうしても。早く元気になって、退院して、出会い探せよ」

頭をくしゃくしゃ撫でてやると、麻友は「うん」と花がほころぶような笑顔を見せた。

「分教室まで送ってってやるよ。宿題やってないの、一緒に謝ってやる」

「やったね、ラッキー」

ぴょんと跳ね上がった麻友に、「宿題、明日はやれよ」と笑いながら念を押した。

分教室を訪れるのははじめてだった。ボランティアの初日、院内を案内してもらったときに外観だけは見ているが、一度挨拶しておけば今後のためにもなるだろう。

病棟の五階にある分教室が近づくと、麻友は大仰なため息をついた。

「あーあ……ただでさえ落ちこんでるとこに、失恋した相手の顔見ちゃうのは気が重いなー」

「失恋？　分教室のクラスメイトに、好きなやついたのか？」

「違うよー、クラスの男子なんて子どもっぽい。大人だよ、ちひろ先生」

「……ちひろ先生？」

「うん。結婚してるんだもん、失恋確定でしょ？」

女の子が失恋するのなら、自分のことを棚に上げれば、一般的には女性教諭ではないだろう。

すると途端に、その名の響きが――あんまりにも懐かしい含みを持って、支倉は思わず自分の胸に手を当てた。古傷が、甘く疼く。

――まさか。

「っていうか、支倉さん、会ったことなかったっけ？　小学部の先生で……」

麻友の手が、分教室の扉を開けた。その瞬間、子どもたちの笑う声、教員の声が、わっと一気に聞こえてきて――それでも、聞きわけてしまう。耳が、彼の声を。

「あっ、おい、麻友！」

麻友の姿を見つけた彼が、教室から戸口へと向かって歩いてくる。

――違う、そんな偶然が、あるはずはない。

信じようとしない理性を説き伏せるかのように、変わらない面影が近づいてくる。

ほんの少し癖のある黒髪、しっかりと大きな体軀。派手ではないが愛嬌のある面立ちは、はじめて近くで顔を見たとき、あと数年も経ったなら、まわりの女が放っておかないだろうと思ったのだ。まさか小学生まで惚れさせているなんて、自分の見る目は確かだった。

「麻友、おまえ、遅刻だぞ。どこ行ってた？」

見ているうちに、とぷん、と胸が満ちていく。そのあたたかな感覚に、支倉は笑んだ。教え子の成長が、嬉しくないはずがない。おまえも今ならわかるだろう、なあ。

「ひさしぶりだな。――湖賀」

「……支倉先生……？」

驚いたような麻友の隣で、七年ぶりに聞く声は、あのころよりも低く、甘かった。

湖賀との再会で止まっていた支倉の時間は、背後から声がしたことでふたたび動きだした。

「あれ、誓？」

振り向くと渡部がいた。まだ胸の中がいっぱいで、返事をしようにも声が出ない。

「どうしたんだ、こんなところで」

「渡部先生!」

麻友が歓声を上げた。

「渡部先生こそ、どうしたの?」

院内にいる、独身で、彼女のお眼鏡に適う容姿の男はくまなくチェックしているという麻友だ。彼女の担当医師ではないはずの渡部も、晴れてリスト入りしているらしい。

麻友の問いかけに、渡部は分教室の中を示して言った。

「翔太くんに、リハビリのことで相談があってね。ここにいるって病棟で聞いてきたんだけど、麻友ちゃん、翔太くんを呼んできてくれるかな」

「もちろん、いいよ!」

麻友が元気よく教室へ入っていくと、渡部は、あらためて支倉のほうを向く。

「それで、誓はどうしてここに?」

「俺は……麻友を、送ってきて」

まだ身体から、感動が去っていなかった。湖賀も湖賀で、支倉をじっと見たまま動こうとしない。

他人から見ても、おかしな雰囲気だったのだろう。

渡部は、彼を知らない人であればわからないくらいに眉をひそめた。

「誓と――湖賀先生って、知りあいだったかな」

「……ええ」

それに答えたのは、湖賀だった。まだ支倉を凝視したままだ。湖賀の明らかに足りない言葉を補おうと、支倉は渡部に言った。

「昔、学校に勤めてたころの教え子なんだよ」

「教え子？」

「ああ。本当にひさしぶりだな、もう——六年？　七年くらい前になるか」

年数をぼかしたのは、くだらない保身のためだった。

本当はきっちり覚えている。七年だ、忘れられたことなどない。

だが、恋にとらわれていたのは自分だけだったのだ。

身を焦がすように恋した男は、こんなにも立派に成長して、薬指に指輪をはめている。表面のみのことであっても、自分だけがまた傷つくことはしたくなかった。

「そうですね。支倉先生にお世話になったのは、おれが高校生のときですから。……ずいぶん前の話です。お元気そうで、よかった」

にもかかわらず、湖賀の顔には、ほんのかすかに寂しさの色がよぎった。

その一方で、あの人当たりのいい渡部が、言葉を発していないことにも気づく。

渡部を仰げば、彼はかすかに険のある目つきで湖賀を見ていた。渡部もまた、表情を繕うのが上手い男だ。けれどその彼が、少なくとも支倉にはわかるほど、不機嫌を表に出している。

——なんだ？

怪しんだのは、ほんの一瞬のことだった。

「渡部せんせーい、翔太呼んできたよー！」

分教室の奥から、パジャマ姿の麻友と翔太がぱたぱたと駆けてくる。

「ありがとう、麻友ちゃん」

渡部はぱっと表情を柔和なものに切り替えて、麻友に礼を言った。次いで湖賀に会釈《えしゃく》する。

「すみません、湖賀先生。ちょっと翔太くんをお借りします」

「わかりました。あ、相談スペース使いますか？」

「ああ、ありがとうございます」

湖賀と渡部は、さっきまでの緊張感はなかったことにしてしまおうというのか、にこやかに言葉を交わした。渡部はそれから、支倉のほうを振り向いて、これ以上ないおだやかな笑顔で言う。

「誓、ひさしぶりに教え子に会ったなら、ゆっくり話もしたいだろ。湖賀先生、どうですか、今度一緒に食事でも」

なにを言いだすのかと瞠目した。

いくら支倉だって、かつて失恋した男と、今の男と一緒に食卓を囲む趣味はない。

けれどよく考えてみれば、渡部は、湖賀のことを、単純に支倉の教え子だと思っているのだ。この紹介の仕方で、支倉が湖賀に恋をしていたなどと、読み取れるはずがない。配慮しろと言っても無理な話だ。

「いいですね。ぜひ」

ところが湖賀も、なにを考えているのだか、渡部の提案にうなずいた。

「夜はたいてい空いてます。渡部先生や支倉先生のご予定に合わせられると思いますよ」

「そうですか。じゃあ……」

渡部は、分教室の奥を気にするそぶりを見せた。若草色のソファを並べた相談スペースに、翔太がちょこんと座っている。

「誓、湖賀先生の予定、聞いておいてくれるか？」

「は？」

「俺の予定、わかるよな」

こちらの顔を見て、なんでもなく渡部は言った。しかし聞きようによっては、深い意味に取れる言いかただ。支倉が泡を食っているうちに、渡部は「それじゃあ湖賀先生、楽しみにしてます」と踵を巡らせ、翔太の待つ相談スペースへと向かった。

「ちょっ……おい、良輔！」

相談スペースに向かう渡部の背に、支倉は批難の声を投げた。言いながら、ぎくりとする。病院では、渡部のことを下の名前で呼ばないよう気をつけていたのに、動揺してうっかりした。しかも、湖賀の目の前で。

おそるおそる湖賀のほうをうかがうと、彼は渡部の背中を見ていた。そしてふとこちらを向くと、支倉が自分を見ていたことに気づいたようで、力の入っていたらしい眉間を解く。

「――仲、いいんだ」

「え……？」

「渡部先生と」

「ああ……」

とっさに、誤解されたくない、と思ってしまった。

が、誤解もなにも、渡部とつきあっているのは事実だ。そして湖賀は、すでに支倉の性指向を知っていて――いや、知りすぎるほどに知っていて、しかももう、結婚している。幸せにやっているのだ。渡部との関係がわかってしまったところで、不都合なことはなにもない。

――痛いのって、必要な感覚なんだってね。

別れの朝、湖賀はそう言った。身体が痛みを感じることは、確かに大切なことなのだ。彼の言うとおり、生きものが、死んでしまうような大きな怪我をせずに生きていくために。

それならばこの再会は、何者かが支倉に与えたチャンスのように思われた。かさぶたの剝げかけた大きな傷を、痛みのない、綺麗な痕にすることができる。

支倉は、思い直して覚悟を決めた。

「今、あいつと……良輔と、つきあってんだよ」

「——そうなんだ？」

うなずくと、胸の奥が鈍く痛んだ。

「一緒に住んでる。……あ、でも」

「大丈夫、わかってる。病院では、隠してんだね」

——おれ、ぺらぺら言いふらしたりしねえし。

七年前、保健室で見せた悪戯っぽい顔が、フラッシュバックのように脳裏に浮かぶ。

今、目の前にいるのは、二十四歳の湖賀だ。可愛いと思っていた表情が、精悍さを増した面立ちに重なると、大人になったなと実感されて、心臓のあたりが淡く痺れた。

「じゃあ先生、連絡先教えてくれる？　あとで予定送っとく」

「え？　ああ……」

湖賀が持ってきたメモ用紙に、支倉は自分の携帯の番号とメールアドレスを書きつけた。七年前も同じことをしたな、と思うと、感慨を覚えて口もとがゆるんだ。

――こうやって、やり直していけるだろうか。

メモを渡すと、湖賀は「ありがと、先生」と人懐《ひとなつ》こく笑った。七年前と変わらない、屈託のない笑顔に支倉の気持ちはまた揺れる。

けれど――と、書いたばかりのメモを見て考えた。

このメモに書いたのは、支倉の新しい番号だ。自分だって、変わったはずだ。元教師と教え子として、まっさらなところからやり直せると思いたかった。

幸せに暮らしている、かつて愛した男のためにも。

《明日の夜、楽しみにしてます。支倉先生にはとてもお世話になったので、またこうして会えるようになったこと、うれしいです。》

湖賀がそんなメールを寄越《よこ》したのは、その翌週、食事会を翌日に控えた夜だった。

ベッドの中にいた支倉のもとにメールが届いたのは、午前三時を過ぎたころだ。

養護教諭として学校に勤めているときは、めったに起きている時間ではなかった。湖賀が、あのころの支倉と同じような職に就いているのなら、なんでもなくこんな時間にメールを送ってきたりはしないだろう。このメールは、迷ったあげくに送ったのではないかと、そう思ってしまうのは避けようのないことだった。

そのメールを届いてすぐに読めたのは、支倉もまた、そんな時間に、眠れずに起きていたからだ。

湖賀は、あのころのことを、忘れてしまったわけではなかった。勘違いではないはずだ。

思えば、分教室の前で再会したあのときも、湖賀は支倉に気を遣ってくれたのだろう。自分が連絡先を渡しても、こちらが連絡しにくく思うのを見越しての配慮だったのだ。

食事の約束は事務的に取り交わしたので、もう湖賀には、特別な感情など残っていないのだと思っていた。それなのに、どんな顔をして会えばいいのか、わからなくなってしまった。

――ごめんね、先生。

組み敷いた自分を見下ろして、泣きながら謝る顔、身体を埋めるぬくもりを思いだす。

支倉は、恋人が眠るベッドから抜け出し、煙草を持ってベランダに出た。

七年前、湖賀と離れてからというもの、支倉は煙草をやめられなくなっていた。

パッケージから一本取って火を点け、深く息を吸いこんだ。苦い煙がほんのひととき、胸の空虚を満たして消える。

渡部と住んでいる部屋は、彼の勤務先からほど近い、低層マンションの一室だった。丘陵地《きゅうりょうち》に建つマンションからは、遠く駅前のあたりに固まる、繁華街の夜景が見える。

支倉は、指のあいだに煙草を持ったまま、ベランダの手すりに寄りかかった。

夜も遅いので、交通量も少なかった。幹線道路を、まばらなテールランプが流れていく。赤い光は、同じ軌跡を描いて動き、そこに道があるのだと支倉に教えていた。

それをぼんやり眺めていると、運命、という言葉が頭に浮かぶ。

先日、麻友に絆創膏をやったときにも言った言葉だった。

巡り会うことが運命ならば、抗ってみたところで、裏道へ抜けられたように思えても、またもとの通りに戻ってきてしまうものなのかもしれない。どこへ運ばれているのかは、こうして俯瞰《ふかん》してみなければわからない。

かなりの時間、ぼうっとしていたらしかった。

ふと指先に目をやると、いつのまにか灰が長くなっていた。持っていた携帯灰皿に灰を落とし、フィルターを咥える。

渡部は煙草をきらうが、支倉の喫煙を止めるつもりはないようだった。渡部は支倉にやさしい。支倉がいやがるようなことは決してしない。けれど支倉も、なんとなく気が咎めるので、室内での喫煙は避けている。だからこうして、どうにも胸がざわつくときにだけ、ベランダに出て一服する。

気持ちを落ち着かせるように、すうっと大きく息を吸った。

フィルターの先が、また赤々と燃え上がる。

薄着のまま、長くベランダに出て冷えた身体が、ぞくりと震えた。

燃えるものに、本能的な憧憬《しょうけい》を感じる。

自分を組み敷いた湖賀の、熱を孕んだ双眸が脳裏にちらつく。

それは駄目だ、と支倉はひとりかぶりを振った。触ってはいけないものだ。生きものの身体が、耐えられる熱さではない。触れたら最後、治せない痕の残る傷になる。

その夜は、この冬一番の冷えこみとなったらしい。

支倉の寒気は、翌日になっても一日続いた。


湖賀の左手の薬指が、店内のあかりにきらりと光った。シンプルな、銀色の指輪だ。

「へえ、じゃあ湖賀先生は、ご自分で志望されて分教室に？」

渡部が問うと、湖賀は「ええ。配属の希望が叶ったのは、ありがたかったですね」とうなずいた。

「支倉先生の影響かな。少しでも、先生に近い人になりたくて」

湖賀はこちらを見ると、眩しいものを見るような目をして笑った。七年の月日は、湖賀の頰の輪郭を凜々《りり》しく引き締めている。その瞳には強さが宿り、もう寂しげな危うさはない。

「そうか。誓は、いい先生だったんだな」

頬杖をついた渡部も、こちらを向く。支倉は、「そうでもねえよ」と顔を背けて、手もとのグラスに唇をつけた。さっきから、なにを話していいかわからなくて、飲んでばかりいる。せっかくの店主いち押しのワインだというのに、ろくに味もわからなかった。

外食を嫌う渡部だが、いざ外に出て食べようということになると、いい店を見つけてくるのが上手い。この小ぢんまりしたワインバーも、支倉と住む最寄りの駅で渡部が見つけ、ときどき使うようになった店だ。寒い時期らしく、煮込みの料理が並んだテーブルを、渡部、支倉、ひとりだけ飛び抜けて若い湖賀という、ちぐはぐなメンバーで囲んでいる。

——良輔のやつ……どういうつもりだ？

だが渡部は、そんなことは意にも介さず、にこにことうなずいた。

支倉は、隣に座る恋人を横目で睨む。

「そういうことなら、納得したよ。なんというか、誓と湖賀先生は、普通の先生と元教え子だったたってだけじゃないような気がしたから」

胸がどくりと跳ねた。他意はないはずだ、と思いながらも、食事をする手が止まる。

けれど湖賀は、さらりとその言葉をかわした。

「そうですね、確かにその時期は、特別によくしてもらってたかもしれません。実家で、ちょっといろいろあった時期だったので……先生は、悩みとか、いろいろ聞いてくれて」

すらすらと喋る湖賀は、ひとつの嘘もつかないで、支倉との関係を正確に言い述べた。辞表を出そうとしていた自分に、本当のことを話せばわかってくれる、と食い下がったのは、もう昔のことなのだ。

ぽかんとしているうちに、渡部が親しげな上目遣いで支倉に言った。

「へえ？　いいのか、誓。それ、ひいきって言うんだぞ」

「してねえよ、そんなこと」

「でもまあ、される側は嬉しいものですからね、えこひいき」

茶化すように笑いながら、湖賀はグラスのワインに口をつける。その仕草に、ああ、湖賀はもう酒が飲めるんだ、もう高校生じゃないんだという感慨が湧く。しかし、グラスを置いた手の指に、あらためて銀色の指輪を見つけると、胸に重たいものを流しこまれたような気分になった。

湖賀はもう、高校生ではない。酒も飲めるし、煙草も吸える年齢だ。あんなふうに剝きだしの若い感情を、なり振り構わず誰かにぶつけるような子どもではない。誰かを愛し、ともに人生を歩もうという決断を下せる、立派な大人の男なのだ。

「どうした、誓」

渡部の声に、ふたたび正気を取り戻した。

「今日、おかしいぞ。熱でもあるのか？」

「やめろよ」

額に手のひらを当てられそうになり、我にもなく振り払ってしまう。

渡部には、支倉が勢い、自分たちの関係を湖賀に明かしてしまったことを話している。指向が知れているという安心感のせいなのか、らしくなく周囲への遠慮がなかった。

「……ねえよ、熱なんか」

飲みすぎて、少し酔ってしまったのかもしれない。支倉も、態度を繕う余裕がない。

渡部は肩をすくめただけで食事を再開した。

「意外ですね」

そのやりとりを見ていた湖賀は、ふたりの向かいでくつくつと笑った。

「支倉先生も、恋人の前では子どもみたいな顔するんだ」

「はぁ？」

眉根が寄り、間抜けな声が出てしまう。

すると湖賀は、「いや、すみません」とカトラリーを置いた。

「おれにとっては、すっごい大人なイメージだったんですよ、支倉先生って」

「そういえば、先生になったのは誓の影響だって言ってたね」

「はい。かっこよかったですよ、支倉先生。生徒にも人気ありましたし。学校から……いなくなるときなんか、女子がみんな、泣いちゃって」

当時を懐かしんでいるのか、湖賀は声のトーンを変えた。

「おれ、大学行く気なんてなかったんですよ。でも支倉先生がいたから、学校の先生になりたいって思うようになって。学生時代、院内学級に勤めてるOBの話聞く機会があったとき、院内学級の先生なら、勉強を教えるだけじゃなくて、病気に苦しんだり、落ちこんだりしてる子どもの気持ちのケアまでしてやれるところが、なんとなく先生に似てるなって……支倉先生のこと、好きでしたから」

好き、の言葉に、胸がとくんと甘く打つ。

そういう意味で言っているのではないとわかっていても、身体の温度が上がってしまう。

あのころの自分の仕事は、少しでも湖賀を癒やせていただろうか。湖賀の中に、なにか根を張るものを残せていたことが、思った以上に嬉しかった。

「――そうか。いい話だな」

黙って聞いていた渡部も、やわらかに口角を上げていた。

と、そのタイミングで、渡部の携帯が鳴りはじめる。プライベート用ではなく、病院から支給されている医療用のPHSだ。

「ちょっと失礼」

渡部はＰＨＳを拾い上げると、席を立った。彼が店の外へと行ってしまうと、テーブルには、湖賀と支倉が向かいあわせに残される。

おもに話を進めていた渡部がいなくなってしまうと、ふたりのあいだに沈黙が落ちた。なにか話そうとは思うのだが、酔ってしまった思考は重く、まともなことが言えそうにない。

「……嬉しかったな」

しばらくの沈黙ののち、先に口を開いたのは湖賀だった。

湖賀の口調が、渡部を前にしたときよりも砕けていた。昔の彼が顔を見せたようで、ほっとする。渡部には見せず、自分には見せる特別な部分があることに、ふわりとうなじが熱くなる。

まずい、と思って「なにが」と訊き返すと、思いのほかそっけない言いかたになってしまった。

湖賀はちょっと笑って「支倉先生が、また保健室の先生みたいなことやってたから」と持っていたグラスを置く。病棟ボランティアのことを言っているのだろう。

「ああ……まあな」

正面から見据えられると、見つめられているような気がしてしまって、睫毛を伏せた。湖賀の一挙一動に、試されている気分になる。

「麻友に、先生の話聞いて——嬉しかったよ。先生、仕事好きそうだったのに、おれのせいでもう先生やらないってことになったら寂しいなと思ってたから」

目を上げると、今度は湖賀が、テーブルに視線を落としていた。

笑んでいる、というよりは、痛みをこらえているような顔だ。七年前、保健室で湖賀が見せた表情が脳裏に浮かぶ。内側に抱える傷を悟らせまいと、大人ぶった我慢に慣れた顔。

もしかすると湖賀は、支倉から職を奪った責任を感じているのだろうか。それとも——彼にはまだ、自分に対する未練があるのだろうか。

駄目だ、と支倉は己を戒《いまし》めた。

テーブルの上で軽く組んでいる、湖賀の左手の薬指を見る。湖賀はもともとストレートだ。現に彼は結婚している。

一度だけ抱きあったときの、引きつれるような身体の痛み、胸のうちの痛みを思いだす。ぶつかりあい、吐きだしあうばかりでちっとも溶けあうことのない身体は、自分たちは正しくない、つながることなどできないのだと、自分たちに知らしめているかのようだった。

湖賀は確かに、自分を一時期求めてくれた。それはおそらく本当だ。

けれど、まっとうに成長した教え子を、今さらこちらに引きずり墜《お》とすような真似はできない。

「なんでだよ」

無理にでも、笑ってみせた。今の支倉が、湖賀に唯一見せられる、年上の矜持《きょうじ》だった。

「俺が仕事辞めたのは、おまえのせいじゃねえよ。悪かったのは俺だろ、教え子に手ぇ出したりして。

悪いなとは思うけど、おまえとのことはいい思い出だ。――今は渡部と、幸せにやってるよ」

思い出、と強調して言ったのは、自分に聞かせるためだったのかもしれない。

ややあって、湖賀は「……そっか」と、困っているみたいに笑った。

「ねえ、先生」

「――なんだよ」

「おれね、あのとき――先生とああいうことになったとき、先生がおれのこと、受け入れてくれたんだと思ったんだよ。先生は、学校辞めてても、おれとの関係は続けてくれるつもりなんだって。だからおれも、聞き分けよくしなきゃって、いろいろ我慢しようと思ったんだ。目のとこの傷のときみたいに、大切なもの失くしちゃたまんないからさ。今度こそ、守り通そうって……」

湖賀は、思い出を振り切るようにかぶりを振った。

「でも先生、学校辞めてからすぐ引っ越しちゃったし、携帯の番号も変えちゃっただろ。おれ、先生から見たら、そんなに頼りなかったんだだって思い知った。これからは、先生に頼ってもらえるような男になりたい、本当に好きな人と幸せになりたいって、あれからすっげえがんばったんだ」

おれ、あんまり頭よくないから苦労したよ、と湖賀ははにかんだ。

「――すごいじゃないか。今は採用試験だって大変だろ」

「そんなことないよ。おれには目標があったから」

向かいあう目が、やわらかく細く弧を描く。

「支倉先生みたいになりたいって……ずっと、そう思ってたからがんばれた。先生はおれのせいで学校辞めるはめになったのに、身勝手な話だとは思うよ。でも、教員になれたら、いつか先生に会って報告するの楽しみにしてた。先生なら、喜んでくれる気がして」

思い出はやさしい。いつだって甘やかな想像に寄り添って、支倉のことを守ってくれる。

——おまえの中にも、ずっと俺はいたのか、湖賀。

けれど同時に、思い出は、引きつれた傷を残して警告している。この感情に溺れてしまえば、いつかのように、痛い思いをすることになる。

湖賀は、大人びた口調で続けた。

「先生の言うとおり、高校、やめなくてよかったよ。学費だって、奨学金借りられてなんとかなったんだ。あのとき、いろいろ諦めたり、投げだしたりしなくてよかった。だからたぶん、こうしてちゃんと大人になってから、また先生に会えたんだよ。今のおれがあるのは、先生のおかげだ」

自分を見据える、燃え立つようなその双眸。

触れたい。手を伸ばしたくなってしまう。

けれどなけなしの理性で、駄目だ、駄目だと、力の限り目を瞑った。それは、自分にとっては強すぎる炎だ。懲りずにまた求めてしまえば、今度こそ死んでしまうような傷を負う。

「……先生？　大丈夫？　ほんとに顔、赤いよ？」

額に、ふとぬくもりが触れた。

骨ばった大きな、大人の手。身を委ねてしまいたくなるようなたくましさが、額の傷――自分たちが抱えていた孤独に、そっと触れる。

うっとりと目を開けると、湖賀が、覗きこむようにしてこちらを見ていた。不安そうな瞳の中に、文倉の姿を映している。

湖賀は今、自分を見ている。

ついこちらからも手を伸ばしたくなって――自分に触れていないほうの左手、その薬指に、指輪が光っているのが目に入る。

――本当に好きな人と幸せになりたいって、あれからすっげえがんばったんだ。

湖賀はもう、その〝本当に好きな人〟のものになってしまった。

言葉を継げなくなっていると、渡部が席に戻ってきた。

「渡部先生、この人、やっぱり熱ありますよ」

湖賀の手のひらのぬくもりが、すっと額から離れていく。七年前は、振り払っても振り払っても、自分に追いすがってきたぬくみだった。置いていくのか、俺を、と胸が冷え、身体の中からぽっかりとなにかが抜け落ちてしまったような心地がした。

「大丈夫か、誓」

やさしい恋人の声がする。心配そうに、自分を見ている。叫びだしたいのをぐっとこらえて、支倉は口角を引き上げてみせた。

「大丈夫だ。楽しくて、ちょっと飲みすぎただけ」

――教え子が立派に成長してんの見たら、嬉しくてさ。

その言葉は、本心から出たものであるはずだった。

しかしその夜は、支倉にとって悪い酒になった。

面白いように身体を回りはじめた酒のせいで、支倉は情けなくも前後不覚に陥った。こうなってしまえば、まともに湖賀の顔を見なくても、真面目な言葉を交わさずとも不自然ではない。いっそ朗らかに笑えた反面、自分のあまりの大人げなさに辟易《へきえき》もした。

渡部に抱きかかえられるようにしてタクシーに乗り、自宅へと帰り着く。

泥酔した身体は、正直だった。玄関の扉をくぐったとき、そこが限界だった。

やりきれない。誰でもいいから、抱きしめてほしい。すうすうする胸を、肌を、今すぐにあたためてほしかった。

自分を支える渡部もろとも、玄関を上がったところ、廊下の床に倒れこむ。

「おい、誓、寝るならちゃんとベッドに……」

自分を諭《さと》して、離れていこうとするぬくもりを引き寄せる。首の後ろに腕を回して、そこにいることを確認する。急かすように上着を脱ぐと、つめたい夜気に肌が粟立った。寒い。寒いから、こんな時期だからいけないのだ。人肌が、恋しくなってしまう。

下肢にまとっていたものを脱ぎ落とし、支倉は恋人である男の身体に跨った。

「誓——？」

渡部が勘ぐるのも、無理はなかった。この六年間で、支倉から誘ったことなどないに等しい。けれど怪訝そうな顔をする恋人を、いたわるような余裕もなかった。

「なあ、良輔……俺、今、幸せだよな」

酔った男の、ふざけた言葉だと聞こえるように、できるだけ朗らかにそう言った。けれど渡部は、支倉の思惑どおりに受け取るつもりはないらしく、「どうした、誓」と声に心配を滲ませた。

「なあ、幸せだよな？」

口を開いた恋人の頰を、両手で捕らえてくちづける。

彼の答えは、自分の舌で舐めて溶かして、聞かないように飲み下す。

熱心にそうしているうちに、渡部の手が背中に回った。大きくてあたたかく、こんな自分を、めいっぱい甘やかしてくれる手のひらだ。

渡部は支倉の腰の後ろを支え、身体を起こしてキスをくれる。服の下に、手のひらが潜りこむ。寒気立つように主張している胸の尖りを抓《つね》られると、ん、と甘えたような声が唇からこぼれた。

渡部はそっと、支倉の身体を膝から下ろした。猫のように床に這わせて、後ろから覆いかぶさるようにしてのしかかってくる。

幸せだよな、と支倉は、胸中で自問した。

自分は幸せなはずだ。こうしてやさしい恋人に愛されて、教え子は、かつて恋した愛しい男は、立派に一人前になり、好きな女と誰にも恥じることのない家庭を築いている。これが、幸せでなくてなんなのだ。

キスはもう解いているのに、渡部は問いへの答えをくれなかった。

黙ったまま、支倉をあくまでおだやかに愛撫しながら、滾る情を埋めこんでくる。

渡部はやさしい。支倉がいやがるようなことは決してしない。自分の望みを、こうしてあますところなく叶えてくれる。けれど、抱きあっても抱きあっても、心の穴は埋められなかった。

悲しかった。こんなにも熱いものを与えられながら、支倉が彼に与えられるものはなにもない。

揺さぶられると、剝きだしの膝が床に擦れる。つめたくて痛くて、恋をすることそれ自体が、支倉にとっては間違いなのだと、なにかに咎められているようだった。

当然ながら、翌日は体調を崩した。

脇から引き抜いた体温計のデジタル表示は、三十七度八分となっている。それを見た渡部は、「ほら見ろ」と呆れたように笑った。

「昨日、無茶するからだ」

シーツに押しこんだ支倉の髪を、ゆっくりと梳く。支倉は、拗《す》ねたような気分で首をすくめ、「うるせえ」と口先で反論した。渡部は昨夜から今朝に至るまで、帰宅するなり玄関先で及んだ〝無茶〟の理由を尋ねてはこない。

「熱があるんじゃどうしようもないな。今日、ボランティアは休めよ」

「……そうする」

言いながら支倉は、いつのまにか肩に入っていたらしい力が、ふっと抜けるのを感じた。ベッドに背中が沈んでいく。そうなる理由はわかっている。湖賀だ。

今度、顔を合わせてしまえば、自分がどうなってしまうかわからない。少なくともこれで今日のところは、湖賀と顔を合わせる可能性がなくなった。そのことにほっとしている自分に気づかされ、なんとも言えない気分になった。

軽く息をついてしまった自分をどう思ったか、渡部は「心配するな」と支倉の髪を撫でた。

「麻友ちゃんにＤＶＤ貸す約束してたんだろう？　かわりに持っていってやるよ」

「――ああ」

約束は、すっぱり意識から抜け落ちていた。

麻友に申し訳ないような、後ろめたいような気分で支倉は額に腕を当てる。検査結果さえよければ今日退院となるはずだった麻友に、今夜、家族がいなくても寂しくないよう、気に入りのＤＶＤを貸してやる約束をしていたのだ。結局自分は、自分のことしか考えてはいられない。

「悪いな。頼む」

「気にするな。――誓にはもっと、俺にちゃんと頼ることを覚えさせるべきだったな」

渡部は支倉の髪から手を離した。

「そろそろ行くよ。食事、食べられそうならあたためて」

「……ありがとな」

「助けてくれるパートナーがいるんだ、幸せだと思えよ」

ベッドサイドから立ち上がると、支倉のまぶたにキスを落として、渡部は部屋を出て行った。

昨夜、支倉が言ったことを、渡部は忘れていないようだった。そりゃあ気づくよな、と支倉はベッドの中で嘆息した。賢い大人の恋人が、支倉の困惑に気がつかないはずがない。

昨夜の眠りは浅かった。午前中は電池が切れたように眠り、午後はそのまま、うとうととまどろんで過ごした。恋人が整えてくれた部屋の中は、あたたかくて清潔で、たとえ病んだ身体でも、なんの不足も不安もない。幸せなんだ、と支倉は思う。

熱は景気よく上がっているようで、座っているだけでもぼんやりしてきた。頰や胸は熱く火照《ほて》るのに、手足は妙な汗をかいていてつめたい。これだけの熱があるのなら、ひとりでも寒さに凍えず、強く生きていけるはずなのに、と、曇った窓の外を見ながら、虚ろな頭で考えた。

渡部が忘れものをしていることに気づいたのは、午後も遅くなってから、宅配便を受け取りに玄関に出たときだった。

靴箱の上に、ショップバッグに入れられたＤＶＤのディスクが、所在なげに載っていた。渡部が準備まではしてくれたものの、靴を履くタイミングかなにかで置き去りにしてしまったのだろう。

渡部は普段、うっかりなにかを忘れていくようなことはめったにない男だ。しかし今日は、自分が余計な手間をかけさせている。多少は気も回らなくなるだろう。多忙な外科医に、こんなことを頼むほうが無理な話だった。

同時に、自分の風邪の面倒を見てくれて、食事の世話まで焼いてくれていた渡部には、愛されているのだとひしひしと感じられた。幸せなんだ、と支倉は、口内で呪文のように繰り返した。そばにいてくれる人がいる。

そう思えばこそ、今日、病棟にひとりでいる麻友のことが気にかかった。

家族と一緒に過ごすこともできず、楽しみにしていたパーティーにも行けず、ひとり病気と闘いながら、不安な夜を過ごしている。まさに今、自分がＤＶＤを貸すという約束を反故《ほご》にしようとしていることに、ひどい罪悪感と思い上がりを感じた。こんな小さな約束ひとつ守れずに、誰かの期待に応えようというほうがおこがましい。

今夜は渡部も当直で、この家へは戻ってこない。夜、帰宅した渡部に、ＤＶＤを持っていくよう頼むこともできなかった。

幸い風邪は、起き上がることもできないほどではない。

自分で届けに行こうと思い、支倉は座っていたソファを立った。

風邪を引いた自分では、病棟まで乗りこんでいってはかえって迷惑をかけるだろう。ナースステーションに託《たく》すくらいならと考えて、支倉は厚着をして家を出た。

病院までは、徒歩で二十分ほどの道のりだ。まだ十八時を回ったばかりだが、冬の夜の日暮れは早く、すっかり夜の帳《とばり》が下りている。

家を出たばかりのころは、熱を持った頬に冷気が触れるのが心地よく、ちょっと身体を動かすくらいのほうがよかったのかと気分よく歩いていた。

ところが、病院の敷地に入るころになると、そうも言っていられなくなった。

たった二十分の道だからと油断した。病院に入っていく救急車の音が、遠く聞こえる。赤い警告灯が、歪んで見える。一日過ごしているうちに、思ったよりも熱が上がっていたのかもしれない。

いつもなら二十分で歩いて来られる病院まで、どのくらいかかっただろうか。

やっと病院の正門、というところで、ついに支倉は立ち止まってしまった。門柱に手をついて、ずるずると座りこむ。近くなったはずの地面が遠く見え、端のほうから急に暗くなる。

まずいな、と遠くなりかけた意識で思った、そのときだ。

「先生！」

目眩のせいでくぐもる声は、確かに湖賀のものだった。

ぐらりと前に向かって傾いた身体を、がっしりした腕に抱きとめられる。

「先生、どうしたんだよ、こんなとこで」

その腕の力の強さにほっとしたとたん、糸が切れたように全身から力が抜けた。背中を抱き支えてくれた湖賀が、「熱っ」と声を上げる。

「……おまえこそ、なんでこんなとこ……」

「おれは普通に仕事終わったとこだって。っていうか先生、熱やばい――あ、もしかして、救急受診しにきた？」

支倉は、力なく首を振った。

「そうか……渡部先生と住んでるんだもんな」

湖賀はそう呟いたかと思うと、はっとしたように続ける。

「っていうか、渡部先生は？　なにしてんだよ、先生がこんなになってんのに」

「良輔は、今日、当直……」

「ああ、当直か。――先生、渡部先生に会いに来たの？」

支倉はふたたび、かぶりを振った。

「じゃ、どうして？　なんで家で寝てねえんだよ」

「……これ」

ふらつく足をなんとかふんばり、支倉は、手にしていたショップバッグを湖賀に見せた。

「なに、これ」

「映画のＤＶＤ。麻友と約束してるんだ」

「麻友と？」

「……今日、退院だったはずだろ。ひとりで、寂しくしてんじゃねえかって……」

「それで、ここまでひとりで来たの？」

うなずくと、視界の歪みがひどくなる。自分を支えている湖賀の腕がなければ、膝が抜けてしまいそうだった。どのみちこの体調では、麻友がいる病棟のナースステーションまで持ちそうにない。湖賀にことづけることはできないだろうか。

湖賀、と呼びかけようとしたところ、自分の身体に回っていた腕に、きゅっ、と力がこもった。熱に翳む頭では、なにが起こっているのか、すぐには理解できなかった。

「……湖賀？」

「――ひとりで寂しいのは、自分のくせに」

抱きすくめられ、胸のあたりを圧迫されると、返事をしようにもできなかった。思いのほか強い抱擁に、耽溺しそうになってしまう。熱のせいだ、熱のせいで反応が鈍くなっているだけだ、と誰にするでもなく言い訳をする。

このまま気を失ってしまえたらいいのにと、ぬくもりの中で考えているうちに、湖賀は腕を解いてしまった。

甘い想像から覚めるように湖賀を見ると、彼は、腕のたくましさとは反対に、支倉の腕を支えたまま、気遣わしげな顔をしている。

「とにかく、救急の受付しよう。自分じゃわかんないかもしれないけど、熱、すごいよ」

「……いや、いい」

「なんでだよ」

「こんな、忙しいときに……」

支倉は、また一台病院へと入っていった救急車を目で追った。支倉だって、救急の忙しさを知らない人間ではない。とても風邪程度で受診しようという気にはなれなかった。

「遠慮してる場合じゃねえだろ」

「いや、いいよ。俺は家で良輔に診《み》てもらってるし、帰れば薬もある。だから――」

と、ますます強く自分の腕を摑んでくる湖賀の胸に手を当て、押し返そうとする。思考がおぼつかない状態で寄りかかっていると、ぬくもりに甘えてしまいそうだった。

――ひとりで大丈夫だ。ひとりでいられる。

そう言おうと口を開きかけたところで、それを制するかのように、また身体を引き寄せられた。

「体調悪いときくらい、甘えてくれよ。それとも、おれ、まだそんなに頼りにならない？」

今度こそ、はっきりとそうわかるように抱きしめられて、支倉は息ができなくなった。

「――こんな状態の先生、ひとりにできるわけねえだろ」

こんな状態、というのは、熱のことを指しているはずだった。そう思うと、つい甘えた考えが毒みたいに身体を巡り、全身が弛緩してしまう。

熱が出ているのだから、誰かを頼ってしまったって仕方がない。

自分のせいじゃない。自分が弱いせいじゃない。

結局そのままタクシーに押しこまれ、渡部と住む部屋まで連れ帰られた。

甲斐甲斐しく身体を支えられ、上着を剝がれて、布団の中に入れられる。渡部が作り置いていった食事をあたためたものを、ベッドで口に運ばれていると、なんだか自分は、夢を見ているのではないかと思いはじめた。

雪山で、遭難者が死ぬ前に見る夢みたいだった。恋い焦がれた男に世話を焼かれ、あたたかいところでまどろんでいる。寒くて仕方がないところにいるから、あたたかな夢を見る。寒い現実に戻るくらいなら、このまま死んでしまったほうがいいのではないかと思えてきた。現実に戻れなかったところで、誰が悲しむわけでもない。

夢うつつの心地は、いつのまにか本当に、夢に移行していたらしかった。

目を覚ますと、頭は妙に冴えていた。

汗をかき、熱が引いたあとに独特の、爽快感に似たものを覚える。

壁掛けの時計を見ると、深夜二時を回ったところだ。起き上がろうとするとなにかが引っかかり、かたわらに目をやる。布団から出ていた手のひらを、湖賀の手のひらが握っていた。その手の先に、ベッドサイドに突っ伏したまま、眠っている湖賀がいる。

ずっと、そばについていてくれたのだろうか。眠ってしまってもなお、湖賀は支倉の手を握り続けていた。胸のあたりが、きゅうっと痛む。

眠る湖賀を見ていると、はじめてまともに話をした日、保健室のテーブルに突っ伏して寝ていた姿を思いだした。目の上の傷とあどけない寝顔は、昔となんら変わらない。

それなのに、目の前にいる湖賀は、もう高校生ではなかった。

身体つきは大人になり、顔立ちにも精悍さが増している。そして左手の薬指には、約束の証をはめている。もうあのころとは違うのだ。――自分のことを、無邪気に好きだと言っていたころとは。

「……湖賀」

たまらず、目の上の傷に触れてしまった。見つめる先で、ゆっくりと両目が開く。

保健室で、この傷に触れた日、湖賀は毛を逆立たせた獣のように、支倉の手を振り払った。支倉を、外の世界を警戒していたのだろう。

けれど今日、眠る湖賀は、触れた支倉の手を払おうとはしなかった。支倉が、時間をかけて心を開いたからだ。この男は、確かにひととき、自分だけのものだった。

「……先生？」

夜の暗がりに、甘い響きがぽつりと落ちた。先生。自分の手のひらを握り直す手の指に、きらりと銀色の輪が閃《ひらめ》く。湖賀が、この男が、ほかの人間のものだという証。目眩がする。

「先生、大丈夫？」

「……ついててくれたのか」

「――うん、いたよ。ずっと、そばに」

なにかを考えることは、傷口に塩を塗ることと同じだった。傷があっても、麻酔が効いてさえいれば、痛みを感じることはない。

強い快楽で、痛みを打ち消してしまいたかった。

昔から、知っていた手段だ。心の穴は、肌のぬくもりが埋めてくれる。たとえそれが、ひとときだけのものだったとしても。今までも、そうやって生きてきたのだ。

「なんでずっと、そんなとこにいるんだよ。寒いだろ」

誘いかければ、断る男なんていなかった。

「こっち、来いよ」

眼前の男は、一瞬だけ、苦しげに眉をひそめるような表情を見せた。けれどすぐに、自分の背に腕を回し、ぐいと引き寄せてくれる。

その反応で、支倉は、自分がこの男だけは、いっときの存在にしたくなかったのだと気づいてしまう。生徒だからではない。年下だからではない。こいつだけは特別だと、どこかで自分は知っていた。

——それももう、終わりだ。

支倉は、向かいあう男の顔が見えないように、目を閉じて掻きついた。

「なあ、ひとりじゃ寒いんだよ。あっためてくれよ……」

湖賀は唸るような息を吐き、支倉をきつく抱きすくめる。

呼吸もできない抱擁に、ぎゅっと切なく胸が鳴く。

相手がいる男だとか、自分にも相手がいることだとか、元教え子と教師だとか、そんなことはどうでもよかった。どうでもいいと思いたかった。これは罰だ。淫蕩《いんとう》で、なにもできない自分への。できるだけ、手酷く抱いてほしかった。

ついばむようにくちづけると、支倉の背中に回る腕は、抱擁を強くした。

湖賀が、ベッドに乗り上げてくる。背中をシーツに沈められると、ふたりぶんの重みにベッドが軋んだ。かすかな音にさえ期待を煽られ、身体が熱くなるのがわかる。

こんなことをする自分は狡いと、わかっている。

いつだって、悪いのは自分だ。自分の中身を埋めたがり、まわりを利用するばかりする。

支倉が男に抱かれたがるのは、罰を求めているからかもしれなかった。ぬくもりはほしい、でも同時に、罰してほしい。無力で、ほしがりな自分をだ。重たいものに組み敷かれ、押しつぶされるように苦しい体勢で、痛みの中に探す強烈な愉悦は、支倉が求めるものそのものだった。

揉みあうように、たがいの服を脱がせあった。

湖賀はなにも言わないで、首すじに舌を這わせてくる。鎖骨を舐められ、胸の飾りを甘く噛まれる。いいように舐められ、吸われながら、すでに萌《きざ》している中心に手を添えられた。ゆるくこすり立てられながら、舌の愛撫に攻められる。

「……っ、ん……」

舌先は、臍のあたりまで下っていた。脇腹を舐められ、臍のあたりを一周し、身体中を余すところなくねぶられる。下生えに鼻を寄せられると、支倉の欲は、期待に大きく反り返った。ぽたぽたと蜜をこぼして、獰猛な獣を誘っている。

「あ……もう、早く……」

「待って」

甘く残酷な言葉とともに、すっかり勃ち上がった劣情に、あたたかい吐息がかかる。たったそれだけのことに背筋がぶるりとわななないて、このまま押し入られてしまいたいという欲望に負ける。揺れる腰を、咎めるように押さえつけられ、屹立の先を口内に含まれた。

「……ん、うっ……」

ねっとりと舐め上げられ、傘の部分を舌の腹でこすられる。根もとのふくらみをやわやわと揉まれながら、先端のくぼみを舌先でくじられると、身体がびくりと跳ね上がった。

「あ……、はぁ……っ」

唾液と混ざった先走りが、とろとろと砲身を伝っていく。それを追いかけるようにして、舌先が陰嚢の裏を撫で、つながろうとしているところに触れた。

「……っ……！」

身をよじっても、逃げられなかった。

舌先は、反射的にすぼまったそこをくすぐった。秘めやかな襞を、舐めほぐすように濡らされる。余裕さえ感じられるその動きに、焦燥《しょうそう》感のようなものが募る。

――ここだよね？

そう問うてきた、つたない愛撫を思いだす。迷いのない今の攻勢と比べてしまい、身体の芯がかっと燃えた。湖賀はあれから、ほかの男を抱いたのだろうか。――俺ではない、ほかの誰かを。

「あ、あぁっ……」

集中していないことを責めるように、すぼまりの中心に指が押し入ってきた。七年前よりも骨ばった指の関節が、肉体の境を越える。支倉の、外側から内側へと、入りこんでくる。

「ん……あぁ……」

じっくりと中を探る指は、この身体を覚えているらしかった。的確に感じるところを撫でさすり、正気でいられなくなるところを押してくる。

「や……、もう……っ……早く……」

切ない喘ぎに、哀願が混じった。

――来てくれ。なにも考えられなくなるくらい、ぐちゃぐちゃに犯してくれ。

「駄目だよ、どうしたいか言って。さっきみたいに」

「あ……あっ……！」

中をかき回されながら、蜜をこぼす幹を口内の粘膜に抱きこまれた。淫猥な水音を立てて舐め啜《すす》られ、達しそうになると、きゅっと根もとを握られて、それを何度も繰り返される。

「やめ……っ、……あ、ぁあっ……」

堰《せ》き止められた快感は、目から雫になってこぼれた。

過ぎた愉悦は身体を侵し、神経を麻痺させる。閉じられなくなった口の端からは涎が垂れ、自分の身体の制御権を、相手に譲り渡してしまったことを知る。

「も……いや、だっ……達かせてくれ……っ」

脚のあいだに顔を埋めていた男は、支倉から口を離した。銀色の糸がとろりと切れ落ち、ほの昏《ぐら》い声が訊いてくる。

「——達くだけでいいの?」

「……う、あ……!」

ふたたび咥えこまれると、口淫は激しさを増した。手筒で支えながら、唇をすぼめて段差の部分を扱かれる。ひとたまりもなく追い上げられて、限界まで戒められていたものを解放される。

「あ——あ、あっ……!」

彼の意のままに、口内で放った。

止まらない放埓《ほうらつ》のあいまに、ごくりと湖賀の喉が飲み下す動きをみせると、ひくひくと腰が浮く。

そのたびに、先のほうで彼の喉奥を押し上げてしまう。陰嚢から精を吸い出されるような快感に、支倉は震えて泣いた。

「あ……、はぁ……っ……」

烟《けぶ》る視界に、どこか寂しげな顔で笑む湖賀の姿が映る。まだ指を挿れられたままの後孔が、きゅんとすくんで快感を拾った。

「達くだけで、よかったんだよね？　もう満足した？」

「あ、う……っ」

中にある指をぐるりと回され、支倉は呻いた。内壁は、支倉の意思とは関係なく、もっと、もっととうねっている。湖賀の言うとおりだ。吐き出すだけでは、到底足りない。ここを、ぬくもりを求める虚ろな場所を、熱いもので埋めてほしかった。

「や……っ……まだ、……」

「うん？　どうしてほしいの？」

ゆるゆると指を抜き挿ししながら、意地悪く湖賀は訊いた。悶えるこちらの反応を試すように、執拗に口にする。

「どうしてほしいか、言って。したいようにしてあげる」

「あ、ああっ……」

ぐっ、と深く突きこまれ、いいところをあやされる。もう少しだ、もう少しで達ける、と目を瞑ると、からかうように指先が逃げる。

「あ……、もう……いやだ、挿れてくれっ……」

もどかしさにおかしくなりそうで、幼子《おさなご》のようにいやいやと首を振った。

「うん、なにを？」

「おまえのっ……挿れて、奥にっ……出して……」

——俺の身体を、埋めてくれ。

「……誰でもいいの？」

感情の見えない声に、一心に頼みこんだ。

「よくねえっ……おまえだけだ……」

本心だった。こうなってしまうと、痛切に感じる。

渡部のことは、嫌いではない。それどころか、あんなに自分によくしてくれる男なのだ、報いたいとさえ思う。けれど渡部では、支倉の空洞は埋められなかった。どうしてかはわからない。湖賀でなくては駄目なのだ。

指先は、迷うように動きを止めると、支倉の中から出ていった。

ぐったりと横たわる身体を、力強い腕に抱き起こされる。シーツの上に座った湖賀の腰を跨ぐように、向かいあって座らされた。ぐしゃぐしゃに濡れている頬を、ぺろりと舐めて綺麗にされる。

――先生、ねえ、泣かないでよ。

七年前、湖賀に抱かれた日のことを思い出す。

――先生のこと、好きなんだ……。

自分のことを、好きだと言ったはずだった。それなのに、湖賀はもう、ほかの誰かのものだった。まっとうに幸せになろうとしている教え子に、こんなことをさせるなんてどうかしている。でも、どうにもならなかった。こいつがほしい。こいつでなくては駄目だ。情動が理性を振りきる。自分も恋人を裏切っていることにさえ、罪悪感が薄くなる。

「なあ、くれよ。おまえが、好きなんだよ……」

支倉の声は、涙を含んで揺れていた。

「……じゃあ、自分から来て」

「えっ……」

「おれのこと、ほしがってくれるところ見せて。――ね、お願い」

額の髪をかき上げられて、ちゅっ、と傷痕に唇を押し当てられた。

甘えるふりで甘やかしてくれるのが、この男のやり口だった。自堕落な支倉を、哀れにでも思ってくれたのだろうか。応えようとしてくれることが、嬉しくて、いたたまれなかった。

――先生。

呼ぶ声が、聞こえた気がした。甘やかな記憶の再生だったのかもしれない。また自分は、人の期待に応えられなかった。湖賀の記憶の中くらいでは、いい先生でいたかった。それなのに。

「――ねえ、先生、来て」

鼓膜に注がれた吐息に、最後の理性が焼き切れた。支倉は、シーツについた膝を進め、雄々《おお》しく反ったものを後孔にひたりとあてがった。

「ん、っ……」

息が止まりそうな質量に耐え、そろそろと腰を落としていく。肉を押しわけ、自分を貫いていく熱で、いっぱいに満たされる。

喉もとにせり上がる圧迫感をやり過ごすと、脚のあいだが、湖賀の熱い肌に触れた。すべてを飲みこんだことを知り、安堵で身体の力が抜ける。すると自重で、より深くまで湖賀の猛りを迎え入れてしまい、予想しないところへの到達で背筋がしなった。

「あっ……ぅ……」

「やばいよ、先生……」

先生、と呼ばれると、身体の芯が甘く疼く。こんなのはいけないことなのに、喉笛を唇で食《は》まれ、仕方ないじゃないか、と言いたくなる。

自分はこの男に、恋の深みに捕まったのだ。

逃げても逃げても、駄目だった。溺れてしまって、死んだところで本望だ。一度ならずも二度までも、愛する男を、身体だけでも手に入れた。

湖賀はおもむろに、支倉の中を突き上げはじめた。

腹の奥に、湖賀の与える快感が響く。力強いストロークに、身体の力が抜けていく。どうしようもなく感じる場所を、彼の熱で、突かれて、擦られ、いいように翻弄される。

「あっ……や、だめだっ……んっ……！」

すぐにでも達してしまいそうだった。

湖賀の膝の上で、伸び上がるように快感から逃れようとする。

けれど大きな手のひらは、それを許そうとはしなかった。肩口を押さえつけられると、達したばかりだというのに、先から白いものが飛沫《しぶ》く。意識を攫われそうな快感に、やめてくれ、と懇願するが、律動はやむ気配がなかった。

「ひ……っ、あ、やめ……っ、お、おかしくなる……っ」

「いいよ、おかしくなってよ。そうなったら、おれがちゃんと世話してやるから」

力強い腕に抱かれながら、こんなことでは駄目だ、と今日何度目になるかわからない自戒に襲われる。こんなことでは駄目だ、自分はまた、ひとの幸せを壊してしまう。湖賀の将来を侵食しながら、渡部の信頼を裏切っている。

「あ……ああっ――……！」

湖賀の昂りが、ぐんと体内で嵩《かさ》を増した。激しい揺さぶりに、肌のぶつかる音が響き、ふしだらな水音が立つ。意識が飛んでしまいそうで怖くなり、目の前の身体にすがると、たくましい腕に抱き直された。その力の強さに、酔い痴《し》れる。

「先生っ……」

穿たれた最奥で、湖賀が弾けるのがわかる。自分の茎は、もうさっきからずっと達きっぱなしで、だらしなく蜜を垂れ流していた。

ぐったりした身体を投げだすと、厚い胸板に抱きとめられる。その頼もしいぬくもりに、甘えたくて泣きたくなる。

――先生……好きだよ。

あどけない告白は、もう湖賀の口からは聞かれなかった。当然だ。あれから七年も経ったのだ。知らないうちに、湖賀は大人になっていた。

守ってやろうと思っていた。それは決して、嘘ではない。

そう思って、愛したものから離れてきた。家族から、湖賀から。それなのに、壊しているのはいつも自分だ。何年経っても、自分はまったく成長しない。

「……先生、熱、上がってる」

まだつながったところが、離れたくないと蠢《うごめ》いた。もう少しだけ、自分を満たしていてほしい。

「待ってて、薬持ってくるから」

けれど無情にも、自分の空洞を埋めていたものは抜かれ、そこに注がれていたものが、どろりと尻を濡らしていく。虚しくて、もう泣こうという気にもなれなかった。


次に目が覚めたときも、手を握られていた。

ゆっくりと目をまたたくと、睫毛の向こうに見えたのは、湖賀ではなかった。

「目、覚めたか」

「ん……」

心配そうに自分を見下ろしているのは、渡部だった。窓の外では、夕陽が落ちかかっている。渡部は当直を終えて、そばにいてくれたのだろう。

「なにか飲むか。食べられそうなら食べて、薬を飲んだほうがいい」

「──良輔」

「うん？」

部屋を出て行こうとする恋人を、呼びとめた。

いつのまにか、自分が昔、恋した男と、今の男が入れ替わっている。汗と体液まみれになっていた身体は綺麗になっているようだったが、自分が寝ているあいだにどういうやりとりがあったのか、あまり想像はしたくなかった。

「その……病院のほうは、大丈夫なのか」

「ああ」

渡部は得心したようにうなずくと、「当直が終わったら、彼が連絡くれてて」と、枕もとに置いていた自分の携帯を指した。

「誓のこと、朝方まで看病してくれたんだってな。俺が当直上がる前に、報告に来てくれたよ」

「……そうか」

湖賀が白昼堂々と出向くくらいだから、昨夜のみだらな出来事のことは、渡部に知られていないのだろう。ところが渡部は、浮かない表情を崩さなかった。

「安心したんだろうな、彼に看病してもらって。何度も呼んでたよ、今朝」

「は？　誰を……」

「湖賀先生を」

夢の中で、確かに何度も呼んだ気がするが、実際に声に出ていたとは。

「……東京では、良輔のほかに、あいつしか頼れそうなやついなかったから」

言うに事欠いて、苦しいばかりの言い訳をした。渡部は、ため息をひとつつくと「体調が戻ってから話そう」と、支倉を気遣った。

「怒ってない。——医者にも治せない病気はあるからな」

微笑んでみせる渡部は、本当に怒ってはいないのだろうと思う。けれど、やさしい恋人を、悲しませていることは明白だった。

そうでなくても、昨夜のことは、明らかに浮気だ。あんなことをしでかしておいて、渡部にも湖賀にも合わせる顔がない。

渡部は聡い男だった。おそらくは、支倉が昔、湖賀を好きだったのだと気がついているだろう。支倉自身も、湖賀に昨夜抱かれたことで、湖賀のことを忘れられていないのだと身にしみた。

このままでは、自分はまた、誰かを不幸にしてしまう。また、自分がいけないのだ。叶わない恋をいつまでも忘れられず、みだりがましい身体をなだめることのできない自分が。

風邪がすっかりよくなって、クリスマスまであと数日というころになっても、渡部は、支倉が湖賀と過ごした夜のことについて触れてこなかった。

ボランティアにも復帰して、一週間が経っていた。

おだやかに進んでいく日常に、どこか据わりの悪さを感じる。こちらから切りだそうかとも思ったが、なんと言えばいいのかわからない。そもそも、今の支倉の状態を話すには、過去のことから話さなくてはいけないのだ。ずっと渡部を騙すようなことをしていた自分を今さらながら認識し、申し訳ない気持ちでいっぱいになる。

そんなある日の、夕食後のことだった。

食器を洗って、棚に戻してしまったところで、渡部が声をかけてきた。

「誓、ちょっと今、いいか」

来た、と支倉は身を固くした。渡部も当然それに気づいたようで、「コーヒーでも淹れるよ」と支倉をソファに座らせ、自分はキッチンに立った。

渡部はインスタントで済ませずに、きちんと店で挽《ひ》いてもらった豆を買う。そういう丁寧な暮らしぶりに、彼とつきあいはじめたばかりのころ、荒《すさ》んでいた支倉は救われた。ひとつひとつ、癒やしていけば、いつかきちんと癒えるのではないかと思えた。けれどそれは、間違っていた。

コーヒーの香りがリビングに立ちこめ、目の前にカップが置かれる。飲んで、と言われて、言いなりに手に取ると、深い色の表面には、自分の顔が映っていた。七年前より、少しだけ老けて、中身はまったく変わらない、誰の期待にも応えられない自分の顔。

「ちゃんと、話そうか」

渡部の言葉に、うなずいた。なにを、というのは決まっている。

「湖賀先生とは、昔、教え子と先生っていう以外に、なにかあった？」

「……一度だけ、寝た」

言葉にすると、たったそれだけのことだった。あの苦しいような胸の痛みも、力強い抱擁も、別れの朝の寒々しさも、すべてその他大勢の男のときと、同じに伝わってしまいそうだ。

「――一度だけ？」

再度うなずく。

渡部は、ため息にならないようにそっと息をついた。

「そうか。もう少し、突っこんだ関係なのかと思ってたよ。ずっと、苦しそうに呼んでたから」

「ずっと――？」

「気づいてないよな。夢見が悪そうなとき、いつも呼んでるよ。明け方が多いかな」

最初は、俺とはじめて寝たとき、と渡部は懐かしそうに笑った。

「こが、ってめずらしい苗字だろう。うまく聞き取れてなかったんだ、湖賀先生と――誓が、昔の知りあいだってわかるまでは」

渡部の口調が、おだやかなのが落ち着かなかった。

自分は責められているはずだった。それなのに、渡部の言葉はやさしい。いつだってそうだ。渡部は、支倉がいやがることはしない。真綿で包んで、耳を塞ぎ、支倉が生きやすいようにしてくれる。決して、支倉の内側にまで、無遠慮に踏みこんできたりはしなかった。

「……昔の話だよ」

恋人を、安心させようと支倉は言った。

「それに湖賀にはもう、心に決めた相手がいる」

「それでも、誓は」

ソファに並んで座っている、渡部の腕が震えた。握った拳の背が白い。

「誓は好きなんだろう、今でも！」

がしゃん、と拳が叩きつけられて、ローテーブルの天板が跳ねた。カップが小さく踊り上がり、コーヒーがテーブルに飛び散る。

「――」

めったに見せない渡部の怒りに、本能的に身体がすくむ。

すると渡部も、それに気づいたのだろう。深い息を吐くと「悪かった」と言った。膝の上に肘を突き、手のひらで目もとをおおう。

「寝言の相手の正体が、たとえば女なら――こんなふうに思うことも、きっとなかった。でも湖賀先生はいい男だよ。だから、怖い」

「良輔……」

「――誓を、信じたいんだ」

渡部はいつも鷹揚《おうよう》に構えた、品のいい、自信に見あう実力のある男だ。だからこんなふうに、痛々しい表情をしているところを見たことがない。

その渡部に、こんな顔をさせているのは自分だった。

ほら見ろ、と支倉は自分を嗤《わら》った。信じたいという渡部の期待を、また自分は裏切った。

「俺は……そんな、できた人間じゃねえよ。教え子と、そういう関係になった教員だぞ」

ろくなことが言えない、と悲しくなる。

自分を愛してくれた恋人に、支倉はまともな言葉もかけられない。

渡部には恩があった。自分の一番駄目な時期に、明るいほうへと導いて、大切に守ってくれた。渡部だって、支倉にとって大切な人間だ。大切だからこそ、別れなくては――自分はまた、愛する者のこれからを潰してしまう。渡部の考える幸せを、刻々と奪っている。

「――少し、頭を冷やしてくるよ」

黙りこくった支倉を、諦めたように渡部が言った。テーブルの上から視線を外せない支倉の耳に、部屋を横切る渡部の足音、リビングのドアが立てる音、玄関の閉まる音が聞こえてくる。

後に残ったのは、静寂だった。

テーブルの上にこぼれてしまったコーヒーは、いい香りを漂わせ続けているのに、もう飲むことはできなかった。拭き取って、流してしまうほかはない。けれどそうすれば、またテーブルは綺麗になって、新しくカップを置ける。支倉ではない、渡部を愛することができる、誰かのカップを。

これ以上、渡部と一緒にはいられなかった。支倉が最後にしてやれることは、正直に、自分の気持ちに向きあうことなのかもしれなかった。

なにが恋だ、と茶色い染みになってしまったコーヒーを見て支倉は思う。

恋なんて、ただのていのいい言い訳だった。自分のような人間が、与えられもしないのに、ほしがるばかりのあさましい身体だ。愛されたいと願うだなんて、分をわきまえていなかった。満たされたいと思った代償に、愛したものを傷つける。それが自分にとっての恋だった。

それならば、支倉にとって、恋は望んではいけないものだ。

支倉はため息をついて、まだあたたかいコーヒーの入ったカップを手に取った。飲む者がいなくなってしまえば、いくらいい香りのするコーヒーでも、ただの濁った水だった。

渡部にも、情を感じはじめたところだった。うまくいけば、このまま愛せるのではないかと思っていた。けれど、その考え自体が、おこがましいものだった。

渡部には、もうじゅうぶん愛してもらった。支倉は、カップの中身をシンクにあける。やはり自分は、愛したものを壊すことしかできない。

これからは、ひとりで生きていこうと思った。

支倉だって、愛する者が泣くところを、もうこれ以上見たくない。


年が明けるのを待たずに、支倉は渡部の家を出た。

別れ話は、ほんの少しも拗《こじ》れなかった。渡部は大人の恋人で、支倉がいやがることは、決してしない、はずだった。

出て行く日、渡部はものわかりのいい兄のように、支倉を送りだそうとしてくれた。駅まで見送るというのを固辞して、玄関先で別れることにした。

「どうしても、行くか?」

「……うん」

「俺が、行くなって泣いてすがっても?」

あるいはそうしてくれたなら、と喉もとまで出かかった言葉を呑んだ。我を忘れるほどに、自分のことを求めてくれたなら、あるいは。けれどそれは、おたがいに言えることだった。支倉だって、渡部にすべてを見せてきたとはとても言えない。

「――次は、良輔がそうできる相手を探してくれ」

「……そうだな」

笑う顔に、この男もまた孤独なのにな、と支倉は悲しくなった。自分のことを、愛してくれる男だ。愛し返せたら、どんなにかよかっただろう。そうすれば、こんなにもつらそうな顔をさせずに済んだ。しかしだからこそ、別れるのだと唇を引き結ぶ。

「行くよ」

玄関のドアに手をかけると、「待って」と呼びとめられた。振り返るよりも先に、背後から抱きすくめられる。なにを、と斜め後ろの顔を仰いだときには、唇を塞がれていた。

驚いて強張る唇から、そっと唇が離れていく。

ぎゅっ、と自分を抱く腕に、力がこもった。渡部が今まで、自分の身体を抱くときに、力を加減していたことを知る。渡部は本来、力の弱い男ではなかった。

「――元気で」

首すじに、かかる息が湿っていた。

「……病院でも会うだろ」

「恋人としては、最後だから」

もう一度腕に力をこめられて、支倉は解放された。顔を上げた渡部は、もちろん泣いてはいなかった。すでに恋愛に泣くような年齢ではない。それ以上に——自分たちは、泣けなかったのだ。どうしても、おたがいの前では。

言葉はもう必要なく、微笑みあってふたりは別れた。

六年間のつきあいは短くはなかった。夕飯どきの帰宅の途中、眠る前のベッドの中で、ふと連絡を取ろうとしている自分に気づく。そのたびに、支倉は自嘲したいような気分になった。せっかく、また自分の中に、根を張りかけていたものがあったのに。また自分で、断ち切ってしまった。根無し草に逆戻りだ。

移り住んだのは、以前東京で暮らしていたときと同じような安アパートだった。いつまでも渡部の世話になるわけにもいかず、新しい職にも就いた。渡部とこちらに越して来る前と同じ、塾講師の仕事だった。

病院でのボランティアは、辞めることになった。やっぱりここでも、ほかのボランティアスタッフや、おもに相手をしていた小児科病棟の子どもたち、その母親たちが惜しんでくれて、報えなかったという思いにとらわれた。

渡部と顔を合わせることも何度かあった。もちろん渡部は大人の男だ、険悪な空気になることもなく、普通よりも少しだけ理解の深い友人として、なんでもなく話すことができた。

渡部とも、友人としてなら上手くやっていけそうな気はしている。

だが、今のところ支倉に、これからのことを想像することは難しかった。日々必死に、ただ目の前の出来事を追うことで、足を前へと進めていく。

『退院することになったの』

麻友から嬉しい電話が来たのは、二月の終わりのことだった。

彼女に直接連絡をもらった支倉は、麻友が退院するという日時に合わせて、病院へ赴いた。

麻友が入院していた期間も、短いと言えるものではなかった。

病院の中にはすっかり人間関係が出来上がっていたようで、看護師や医師、分教室の友達や教員たち、たくさんの人が見送りにきている。湖賀の姿もちらりと見えたが、あえてそちらは見ないようにして、人垣の中に麻友を探す。

「支倉さん！」

こちらの姿を認めた麻友が、小走りに駆け寄ってくる。腕の中には、花だの小さなぬいぐるみだの、別れの品を抱えていた。

「来てくれたんだ、ありがとう」

「退院おめでとう。よかったな」

うん、と無邪気にうなずくと、長い髪がさらさら揺れる。今日の麻友は、退院の日に履くのだと言っていた、とっておきの新しい靴を履いていた。

「渡部も、喜んでたよ」

「渡部先生も？」

「ああ。急な手術で来られそうにないけど、退院おめでとうって伝えてくれって」

「嬉しい！」

麻友はひとしきりはしゃいだあとで、「そういえば」と目を輝かせた。

「支倉さん、渡部先生と仲いいんだよね？　支倉さんだったら知ってるかな」

「なにを？」

「渡部先生、最近失恋したらしいんだよね。長いことつきあってた彼女みたいだから、落ちこみっぷりが半端じゃないって。あーあ、もう少し入院してたいなって思うときに限って、退院が決まっちゃうんだもん。人生、上手くいかないよ」

物憂げなため息をつく麻友に、支倉は苦笑いするしかなかった。しかし渡部が、周囲にわかるように憔悴《しょうすい》できているのなら、それもいいことだと思う。

「まあ、これで病院に来なくなるってわけじゃないから。検査のたびに会いに行くんだ」

「それより退院したら、また別の出会いがあるんじゃないか」

「それもそうだね。でも……」

麻友は、ロビーの人垣をちらりと見やると、支倉にかがんで耳を貸せと身振りで示した。

「……？」

そのとおりにすると、麻友は耳もとで打ち明け話をしてくれる。

「実はね、わたし、こないだから翔太とつきあってんだよね」

「翔太と？」

支倉は、ロビーで分教室の生徒たちと話している、翔太のほうに目をやった。

翔太は麻友よりも一足早く退院しており、今日もパジャマ姿ではなく、私服でいる。分教室仲間の退院を祝うために来たのかと思っていたら、彼女を迎えに来ていたらしい。

「だからね、渡部先生のことはかわいそうだけど、わたしが相手になるわけにはいかないかなって」

ふきだしそうになるのをようやくこらえて、支倉は麻友の肩を叩いた。

「そうか。がんばれよ、恋愛ってたぶん、思ったより上手くいかねえぞ」

「大丈夫だよぉ。わたし、今幸せだもん。千尋先生の宿題も、もう終わっちゃってるって感じ」

「宿題？」

「うん、退院するときに言われたの」

麻友は、ロビーにいる湖賀を振り返った。

つられて支倉も、そちらを見る。

「幸せになるのが、千尋先生からの最後の宿題だって」

「最後の――」

病院のロビーは、新しい病院らしく、ゆったりと明るく作られていた。春の近づく朝の陽が、大きな窓から燦々《さんさん》と降り注いでいる。

その光の中に、湖賀がいた。

麻友の両親らしきふたりと、にこやかに話しているその途中、麻友がそちらを向いているのを見つけたのか、ふと顔を起こして目を細める。

こちらに軽く、手を挙げる。その顔に、涙は見えない。十七歳だった別れの朝、友人に囲まれて泣いていた生徒は、一人前の教師になっていた。やさしげな顔つきは、十七歳のときに見せた純粋さをそのままに、強く、たくましく成長していた。

――幸せに、なってくれ。

支倉の、最後の願いであるはずだった。その想いが、今までずっと湖賀の中に根づいていたことを知り、胸が痺れるように熱くなる。

まずい、と思ったときには、もう耐えきれなかった。

視界がぼろりと、揺れて崩れる。

「えっ、ちょっと支倉さん、どうしたの？」

麻友の、ぎょっとしたような声が聞こえる。それはそうだろう、大の大人が人前で泣くなんて、めったなことでは見られない。

「いや……悪い」

支倉は、大きく洟を啜り上げると、情けなく笑って麻友に言った。

「おまえが、元気になってよかったなと思って」

麻友が元気になったことは、素直に嬉しい。

そしてその回復を支えた一端に、教え子がいることが誇らしかった。

おそらく今、湖賀は幸せにやっているだろう。こんなにやりがいのある仕事を手に入れているのだ。幸せでないはずがない。優秀な生徒だった、と支倉は、ぼろぼろと流れる涙を拭った。

「もー、支倉さん、いい大人でしょ？　泣くほどのこと？」

呆れながらも、麻友は嬉しい声で言った。支倉が自分の回復を喜んでいるのだと、きちんと理解しているのだ。

「元気になるって、いいことなんだからさ。泣かないでよ」

「ああ――そうだよな」

——本当に、そうだな。

癒えることは、いいことだ。病も傷も、癒えるべきだ。

なによりも、こうして麻友の元気な姿を見られることは、確かに嬉しいことだった。受けた傷も、病んだ身体もいつか癒え、こうして朝の光の中で、健やかに笑いあうことができる。人は強く生きられると、清々しくそう思えた。

その場にいた見送りの面々も、多かれ少なかれ同じようなことを考えていたに違いない。麻友が迎えのタクシーに乗って行ってしまったあとも、分教室の生徒たちや、看護師たちの顔は明るかった。麻友の回復は、その性格もあいまって、一同を勇気づけたのだろう。

病院の車寄せに立っていた支倉は、タクシーが見えなくなると、ほっと小さく息をついた。

今日はひさしぶりに病院を訪れたが、短期間のボランティアで親しくしていた子どもは、麻友が最後のひとりだった。ほかの子どもたちは退院しており、こんなふうに呼んでもらえることも、これでおしまいだ。

住み替えたアパートは、この病院とは違う沿線にあった。ここを訪れることもなくなるかもしれない、と建物を振り返ったところで、湖賀が歩み寄ってきていることに気がついた。

「支倉先生」

「……湖賀」

「お元気ですか」

なんでもないことのように、湖賀はさらりとそう訊いた。二度目に身体をつなげてから、逃げるようにボランティアを辞めた自分に対してだ。

あの夜のことについてだけでなく、この場所を去るにあたっても、ろくに言葉も交わしていない。それなのに詮索もせず、そのひと言で、今までの無沙汰をなかったことにしようとしている。

「……ああ」

――高校生のときなら、もうちょっと違う反応だったろうにな。

十七歳の湖賀ならば、支倉がボランティアをやめた時点で、どうしてとかなんでとか、思いつく限りの疑問詞を並べてぶつけ、渡部から新しい連絡先と住所を聞きだして、もうすでに支倉の家までたどり着いていているだろう。

それを考えると、高校生のときとは違うのだ、湖賀はもう大人なのだとしみじみ感じられ、胸の底が、甘酸っぱいような寂しいような、不思議な感情にきゅうっとよじれた。

――もう、大人だ。

高校生だから、年下だから。あのころ、いろいろ並べ立てていた理由が、すべて効力を失ってしまいそうだった。目の前の男は、七年前、制服で、向こう見ずに自分を愛そうとした男ではない。きちんと大人の分別を持ち、明日のことを考えられる、大人の男だ。

今ならば、その胸にすがれる気がする。なのに――。

「渡部先生とも、あれからあんまり話せてなくて。どうですか、先生の近況も聞きたいし、今度、また三人で食事でも」

言葉を失った支倉に、湖賀は、気を利かせたつもりかそう言った。

湖賀の薬指に、きらりと銀色の輪が光る。

見たくない、という身勝手な心が、支倉に顔を背けさせた。

湖賀にはもう、生涯を誓った人がいる――それを知っていながら、ひと晩だけとはいえすがってしまった。もう、あんなことは絶対にできない。

「俺は、行かない」

大人げない支倉の返答に、湖賀が一瞬言葉に詰まる。

支倉は、吐きだすようにたたみかけた。

「今――好きなやつがいるんだ。そいつに失望してほしくない。塾講師の仕事にも就けた。また色恋が原因で、仕事辞めたくはねえんだよ」

「先生……」

好きなやつ――そんなふうに言える人間は、支倉にはひとりしかいない。

七年前から、どんなにやさしい恋人ができても、ずっとそいつだけが好きだった。恋の傷は、ふさがらなかった。まだぐずぐずと痛む傷を、見ないようにしているだけだ。

「俺だって、そいつを幸せにしてやりたい。おまえのことはもう忘れて、俺も幸せになりてえんだよ」

言っていることに、嘘はなかった。

いっそ湖賀を忘れられたなら、おだやかで、幸せな人生が送れるだろう。渡部のところへは戻れないかもしれないが、次にまた巡り会う誰かと、恋をやり直すことができる。空虚な心を、からっぽなままで放っておかずに、いつでもやさしく、いっぱいに満たしてくれる誰かと、恋が。

「だから……もう、関わってこないでくれ」

——忘れてしまいたい。叶わない恋なんか。

ずっと、思い続けていたことだった。

支倉の言葉を聞いた湖賀は、少しのあいだ、物思う表情でこちらを見ていた。ほどなくして、痛みをこらえるような顔をしたまま、ぽつりと言う。

「……先生は、その、好きな人とじゃないと、幸せにはなれない？」

「——ああ。絶対になれない」

それだけは、確信を持って言えることだった。

湖賀と再会して、よくわかった。

自分は、どうしようもなく湖賀のことが好きだ。

元教え子で、年下で、スマートさのかけらも持ちあわせてはいない。けれど剝きだしの愛情を惜しみなく見せられて、内側へ押し入られてしまった。ぽっかりと空いていた心の穴に、入りこまれてしまっていた。――おまえ以外の人となんて、絶対に幸せになれるはずがない。

「――じゃあ、もう行くわ」

顔を見ないまま、踵を返した。

「……先生」

湖賀の声は、なにか言いたげに支倉の背中に落ちた。

先生。そう呼ばれると、今でも少し、心配になる。痛い思いをしていないか、つらい思いをしていないか。自分が聞いてやることで、なにか楽になりはしないか。

そんなことはもうないんだと、支倉は首を振った。

湖賀はもう大人だ。痛いことには、抵抗できる。つらい思いは、分けあうことができる――自分ではない、ほかの誰かと。

「……っ……」

嚙み締めた唇が、痛かった。けれどおかげで、思い出す。

――痛いのって、必要な感覚なんだってね。

生きものが、死んでしまうような大きな傷を負わないように、明日も生きていくために。

自分は誓ったはずだった。

こんな傷を負うのなら、恋なんてしない。絶対に。

振り返らずに、愛しい男の名前を呼んだ。これで最後だ、本当に最後だと自戒をこめて。

「湖賀」

「……おまえも、幸せになれよ」

それは湖賀が覚えてくれていた、支倉の最後の宿題だった。毅然《きぜん》として言ったはずなのに、声は涙に震えてしまって、もう湖賀の顔は見られない。

足早に歩きだすと、背中を声が追いかけてきた。

「先生！」

立ちどまらない。これ以上、過去の傷に苦しみたくはない、幸せになりたい。

「先生――また逃げんのかよ！」

大声でそう言われ、決意はあっけなく崩れてしまった。すくむように、足が止まる。

足音は、背後からゆっくりと近づいてきた。

「……麻友ってさ、ちょっと思いこみ激しいところあっただろ。そういうとこが可愛いんだけど」

後頭部で聞く声は、七年前よりもずっと低くて、甘い。

「あいつ最近、一丁前に彼氏とか作っただろ？　だから、『おれより先に結婚すんなよ』って釘刺しといたんだよ。そしたら驚かれちゃって。『結婚してたんじゃないの？』ってさ。できねえよな、七年も前に振られて、挙げ句逃げられた男と、結婚なんか」

湖賀が、なにを言っているのかわからない。

「麻友に、パートナーとの指輪じゃなくて、もう叶わない恋に、操立てるための指輪なんだって教えてやったんだよ。年齢的にも、まわりがうるさくなる時期だったからちょうどよかったしな。でも、そう言ったら麻友に、『それって一生結婚できないってこと？』って哀れまれてさ」

言いたいこと言ってくれるよな、と背後の湖賀は笑った。教え子が、可愛くて仕方がないといった様子だ。

「それで——さっき、別れ際に、お守りもらったんだよ。自分にはもう彼氏できたから、次の人に渡さなきゃって」

追いついた足音が、支倉の前へと回った。

うつむいて立ちどまったまま、動けずにいる目の前に、湖賀がなにかを差しだしてくる。

「——運命の人に出会えるお守り、だってさ。支倉先生の、お墨つきだって聞いた」

顔を上げると、台紙の部分がぱりぱりに乾いてしまった絆創膏がそこにあった。裏の白いところには、七年前の、自分の携帯の番号が書かれている。当時、気にかけていた男の傷を——湖賀の傷を、癒やしてやろうと渡したものだった。

あのころから好きだった。逃れようがなかった。傷つくことがわかっていても、愛することを止められなかった。

「離れてたあいだ、ずっと……同じ気持ちでいてくれたんだよな？」

いつかのように、振りかざした恋情で、殴りつけるような愛の告白ではない。じんわりと距離を埋めていくような、あたたかな告白だった。離れているあいだに、時間が、世界が、彼を大人に育て上げていた。差しだしている絆創膏の向こうで、かつての教え子は笑んだ。

「先生も、おれのこと好きでいてくれたんだって——そう思っても、いい？」

湖賀は、支倉の右手を取った。

その手に絆創膏を握らせると、彼のほうへと引き寄せる。

はじめて話したあの午後は、警戒する獣のように握られた手だった。

次に触れられたときは、迷い子がすがるように頼りなく摑まれた。

そして今は、自分を包みこむための胸へと向かって、やさしく導かれている。

駄目だと惰性のように思いながらも、くずおれる瞬間は甘美なものだった。すっぽりと抱きこまれて、相手の肩口に額を押しつけながら、支倉は「無理だ」と抗った。

「俺には……無理だ」

「——どうして？」

「俺は、おまえの足枷になりたくない。おまえの可能性を潰せない」

今だって、病院の前という人通りの多い場所で、愁嘆場《しゅうたんば》を演じてしまっている。

ここは湖賀の職場でもあるところだ。妙な噂になっては困るだろう。しかし、逃れようと身をよじろうにも、支倉を抱きとめている両腕は、解放しようとはしてくれない。

「離せよ、おまえ、職場だろうが」

「ちょうどいいよ、どうせみんなに言うんだから。この人が、おれの好きな人ですって」

「馬鹿言うな……！」

「冗談で言ってるわけじゃない。先生は、おれのこと好きじゃない？」

湖賀の腕に、力がこもる。

離さないとでも言うように、純粋に、心のままに抱きしめられる。

「……好きだ」

その圧に押されるように、ぽろりと気持ちがこぼれてしまった。

「……好きに決まってんだろ……っ」

吐いた息が、涙を含んで熱かった。

それらをすべて、抱かれた胸に吸われてしまい、甘い拘束に逆らえなくなる。

「おまえが好きだ。好きだよ、どうしようもねえよ。だからおまえとは、一緒になれねえって言ってんだよ……っ」

——自分が愛してしまったら、おまえは幸せになれなくなる。おまえの期待には、応えられない。おまえの幸せを、壊してしまう。

湖賀は、そんな支倉が吐いた言葉を、「だったら、大丈夫だよ」と一蹴した。

「おれ、先生の宿題、忘れてないからね。おれは、愛する人と幸せになりたい。おれの幸せは、先生を幸せにすることだよ。先生がいてくれないと、おれは絶対に幸せになれない」

支倉の左手を取ると、湖賀はうやうやしくその手を持ち上げた。その左手の薬指に、ちゅっと小さなキスを落とす。

「頼むよ、先生——おれのこと、幸せにして？」

小首を傾げる、湖賀は狡い。

その目に、仕草に、支倉が抗えないのを知っている。

強がって、平気で明るいふりをして。寂しくて、孤独な自分を追いかけてきて——追いつくころには、自分よりずっと強くて、頼もしい大人になっていた。

きっとこれから、自分をどんどん追い越していくのだろう。それをずっと、そばで見守ることが許されるのだろうか。

はじめての気持ちが、支倉の中を満たしていく。

目の前の相手を信じたい。彼のことを、好きな自分を信じたい。

——幸せに、できるだろうか？　俺が、おまえを？

答えは出ない。

けれど、信じることなら、支倉にもできる。

支倉は、ゆっくりと身体の力を抜いた。目の前の男の胸に、頬を預ける。

「——宿題なら、協力してやらねえわけにはいかねえか」

「……先生」

嬉しそうな声とともに、腕の拘束が強くなる。ぎゅうっと、胸が絞られる。自分が、彼とともに生きる自分へと、かたちを変えられているのを感じる。

「先生……好きだよ」

「ああ——俺も」

誰に見られていても構わないとは到底思えなかったが、少なくとも、誰かに咎められることはなさそうだった。

湖賀はもう、大人になった。支倉も、湖賀と同じに、見せびらかしたい気分になった。

見ろよ、これが俺の、教え子だ。

触れるだけのキスを交わすと、通りすがりの女の子が頰を染めていた。それを見た支倉は、湖賀に抱きとめられた腕の中で、にやりと笑わずにはいられなかった。

仕事終わるまで待ってて、と胸が触れあったままでささやかれ、柄にもなくそわそわした午後を過ごした。にもかかわらず、住所を書き置いてきたアパートに湖賀が訪ねてきたのは、その夜、二十一時を回ろうかというころだった。

焦れに焦れた支倉は、チャイムが鳴るやいなや玄関先で湖賀を迎え――。

そこに立つ、彼の姿に絶句した。

「おまえ……どうしたんだよ、それ」

「ああ、これ？」

湖賀は、口もとに貼りつけられたガーゼをぺらりと剝がした。口の端が切れているようだ。こいつはどうして、昔から生傷が絶えない。

「ちょっと、大げさに手当てされすぎだよね。大したことないよ、それは信用して。ろくでなしの親父のおかげで、感覚的にわかるから」

「いや……っていうか、誰にやられたんだよ、こんなの！」

「え？　渡部先生だけど」

「は――良輔が……？」

うん、とこともなげに湖賀はうなずいた。

「先生とつきあうんなら、一応報告しとかなきゃと思って。仕事終わって様子見に行ったら、ちょっとだけ休憩取ってくれてさ。一回だけ、先生に浮気させちゃいました、すみませんって謝ったら、『殴っていいか』って」

「はぁ……？」

「おれも殴られるのだけは慣れてるからさ、『それで気が済むなら』って言ったんだよ。そしたら、まじで思いっきり殴ってきやがんの。渡部先生って、見かけによらず強《つえ》えんだね」

靴を脱ぎながら言う湖賀に、開いた口が塞がらなかった。

渡部が――あの、虫も殺さないような渡部が、湖賀を殴った？

「でも一発殴って、『すっきりした、これで誓のことは諦める』だって。すげーかっこよかったよ」

にっこりと、湖賀は笑った。

馬鹿正直に謝る湖賀も湖賀なら、殴らせてくれと言う渡部も渡部だ。きっぱりした男たちだと賞賛できる一面もないことはないが、不器用にもほどがある。

開いた口が塞がらない支倉を後目に、湖賀はずかずかと部屋に上がりこんだ。ぐるりと部屋の中を見渡して、「やっぱり安アパートなんだ」と忍び笑いを噛み殺している。

「……悪いかよ」

「ううん。――変わってねえんだな、って安心した」

湖賀はこちらを振り向くと、愛おしいものを見る目で支倉を見た。

手のひらを頬に添えられ、まぶたを閉じる。

キスは斜め上方から、おだやかに降ってきた。頤《おとがい》を支えられ、じっくりと長いキスに応える。

今までの想いを乗せたような、深くて、重たいキスだった。

耳たぶを撫でていた手が、うなじを包む。

しばらくそこを撫でさすっていた手のひらは、そうっと、背骨の在り処を確かめるように、背中を辿り、ゆるりと腰を掴んできた。性急さのない、ゆったりとした動きに、さわさわと肌が逸る。こぼれる吐息が、薄く色づいているのがわかる。

くちづけは、角度を変えて深くなった。

息を継いだ隙を突かれ、しっかりと厚い舌先が、くちびるを割って入りこんできた。舌をぬるりと絡め取られ、抱きしめるように吸い上げられると、なまめかしい感触に夢中になった。

「先生……綺麗だ……」

熱に浮かされたように、湖賀がささやく。

「――馬鹿」

急に恥ずかしくなって顔をそらすと、湖賀はこめかみにくちびるを寄せてきた。

「さっき、変わってねえって言ったの、撤回する。先生、すっげえ綺麗になった……」

抱き上げられて、ワンルームのベッドへと連れていかれる。

壊れものを扱うように丁重に降ろされて、衣服を一枚一枚剝ぎ取られた。そうされながら、だんだんに現れる肌に、ちゅ、ちゅっとくちびるを落とされる。

あっというまに裸にされて、肌と肌とで抱きしめあう。

ゆっくりと、胸のあたりを撫でられていると、触られないうちから勃ち上がっていた色づきが、爪の先にひっかかる。ひくりと身体を揺らしてしまうと、「ここ、いいの?」と尋ねられる。

「いい……っ、ん……」

背後から両手で胸を揉みこまれ、女でもないのに腰が揺れた。からかうようにつままれて、縒《よ》るようにひねられると、じんと淡い愉悦が広がる。

「先生、やっぱり変わったね」

「は……っ、あ……?」

「いい、ってちゃんと言えるようになったし……ここも、すっごい気持ちよさそうな色してる」

ほら、と乳暈《にゅううん》を指の腹でこねられると、甘えるような吐息が漏れた。もっと、と擦りつけてしまう腰を、湖賀は低い声で笑う。

「素直になった」

「あっ……ん、っ……」

焦らすように肌を撫でる手のひらが、前のほうへと這っていく。もう腹につきそうなほど反り返っている欲を、くっと握りこまれて意識させられ、支倉は背をしならせた。

湖賀は支倉の身体を返し、正面から覗きこむ。

「ここも――前より、だらだら垂らしてる。気持ちいいんだ？」

年上のプライドにかけて首を振ったが、「ほんとに？」と手筒を上下させられると、嘘はわずかも保《も》たなかった。ぐん、と硬度を増した性器は、手のひらに擦り立てられて、歓喜の蜜をふきこぼす。

「あ……あぁっ……」

下腹の震えに呼応するように、間欠泉のように白濁が散った。湖賀は、支倉の愉悦の証を手のひらに受けとめて、それを双丘のはざまに塗りこんでくる。

「ん、ぅう……っ」

自分のもので濡らされることに、ことのほか羞恥を煽られた。好きだ、という感情だけではなく全身を、湖賀の思いのままにされているように錯覚して、快感がより増幅する。

さするように膝を撫でられて、うっとりしたのもひとときだった。

膝の内側にキスをされると、ぐうっと大きく押し開かれる。眼前に、屹立と、密やかなところを暴かれて、はじめて見られる場所ではないのに、支倉は処女のように震えてしまった。

「先生、可愛い……」

すかさず、腹にキスを落とされる。

そうしながらも、彼の右手は、休まず支倉のあわいを探った。陰嚢を揉みさすり、その裏のやわらかいところを押すように刺激して、たらたらとはしたなく流れる先走りを塗り伸ばされる。

「……っ、ん……」

襞のひとつひとつを愛でるように、じっくりと指先は蕾をほころばせていった。

こんなに丁寧に施さずとも、支倉の身体は、男との交合に慣れているはずだ。けれど湖賀は、まるで繊細なものを愛でるように、支倉の身体をほぐそうとする。

そして今、その指先が与えている快楽は、支倉が知らないものだった。彼の目が、指が、手が、触れたところはあまさずとろけてしまいそうだ。

こんなのは知らない、と怖くなり、知らず向きあう男にしがみつく。

「どうしたの、先生……？」

「ん……っ、や……これ……」

「いや？　痛い？」

「ち……違……っ、あ……！」

辛抱強く揉まれていた花蕾が、ひく、と蠢いて指先を迎え入れた。体内に、ぬ、っと入りこむ異物の感触に、息をするのを忘れてしまう。

「……ふ、っ……あ……」

「先生……大丈夫だから、息、吐いて」

彼の言いなりに、ふうっと長く息を吐く。

吐ききった瞬間に、さらに指が進められ、悦ぶ身体が締めつけた。指の節さえわかりそうに締め上げてしまうと、快感もより大きくなる。

「先生、中すごいよ。わかる……？」

心酔したような声で問われるが、もう答えることもできなかった。すごい、と言われればすごいのだろう。こんなに深く、前戯から感じ入っていることなど今までにない。

湖賀は、支倉の様子をうかがいながら、とろとろと指を抜き挿ししはじめた。あえかな水音が響きはじめ、聴覚からも脳髄《のうずい》を犯される。

浅いところを、指を曲げるようにして揉まれると、視界に白い火花が散った。

くすぐるみたいに撫でられると、背骨を強い愉悦が疾《はし》る。かっと身体の温度が上がって、全身から汗がふきだした。

「あ……ん、あっ、だめだっ、そこ……っ」

「ここ？　先生、ここが好き？」

片腕で腰を抱かれて、耳もとにささやかれる。もう一方の手指は、支倉の反応を見逃さず、突き入れる指を増やしていた。

「んっ……あぁっ、いい……っ、あ、……」

二本の指で、粘膜を広げるように慣らされる。縁がめくれ、中が見えてしまうのではないかと思う丹念な愛撫に、支倉は首を打ち振った。

「も……っ、だめ、だ……っ、湖賀、早く……っ」

息も絶え絶えに求めると、湖賀はくっと喉を鳴らした。中に入れていた指を、さらにもう一本増やされる。そのまま連続して穿たれると、深くまでは与えられないもどかしさと、浅いところで弾ける愉悦がぐちゃぐちゃになって、強すぎる快感に涙が滲んだ。

「い……やだ、もう、いっちまうっ……、ひとりは……いやだ……っ」

悲鳴のように懇願すると、ようやく湖賀は甘い責め苦をやめてくれた。

弾む呼吸に、視界が潤む。ぽろりと涙が落ちてしまうと、近づいてきた恋人の舌が、頬を伝う滴を舐め上げた。

自分から、湖賀の首すじに手を回して、引き寄せる。

求めるままにくちびるを与えられ、粘膜の味わいに酔い痴れる。

大きく脚を割られた上で、膝が胸につくほど折り曲げられた。湖賀の目の前では、決して綺麗とは言えない器官が、ものほしそうに濡れて色づいているはずだ。

「綺麗だ……」

それでも年下の恋人は、馬鹿みたいにそう唱え、ほうっとため息をついた。陶酔の色が浮かぶ瞳に、馬鹿だな、と思うと同時に、狂おしいほどの愛おしさがこみ上げる。

——俺だって馬鹿だ。

こんな年下の、なんの甲斐性もない、向こう見ずで、まっすぐで、全身で自分を好きだと叫んでいるだけの男が、可愛くて、可愛くて、愛おしくて仕方がない。

「湖賀……来てくれ……」

両腕を広げてねだると、湖賀は、とろけそうなキスをくれた。

支倉の身体をしっかりと抱くと、脚のあわいに、屹立の先を押し当てる。ぐ、っと力を入れて覆いかぶさってこられると、甘い圧迫に息が止まった。

このまま死んでもいい、と思えるほどの恍惚《こうこつ》だった。湖賀と、向きあってつながっている。

「……あ、ああっ……」

待ち望んでいた熱だった。

ずっと、これがほしかった。からっぽの自分を、せつなく満たしてくれる熱。湖賀も、この充足を感じてくれているだろうか。俺は、おまえを満たせているか。もう離さない、そう思うと内壁はきゅうっと彼に抱きすがり、湖賀は吼《ほ》えるように低く唸った。

「先生……っ、ごめん、止めてあげらんない……っ」

今までの、こちらを気遣うような愛撫が嘘のように、湖賀は激しく腰を使い始めた。

「ん、っ、あぁぁっ……！」

がつがつと貪るように突きこまれると、受け止める身体が踊る。その身体を、シーツに押さえつけられる力の強さが愛おしい。

求められる快感に、全身が甘く浸る。あまりに過ぎる快感に、愉悦と恐怖がないまぜになる。

「あ……やめ……っ、あぁっ、湖賀……っ」

「なに、先生……？」

「怖い……これ、ああっ……」

「──怖い？　なにが」

雄の汗の香りを嗅いで、くっと深いところを突かれると、ひとたまりもなかった。

「ひ……あ、っ──……！」

幾度か白く、意識が明滅したかと思うと、全身が震えるように引きつった。薙《な》ぎ払われるように強烈な快感に、前後も左右もわからなくなる。

「……先生?」

ほんのひととき、意識を手放していたようだった。

心配そうな顔をした湖賀が、ゆるゆると頬を撫でている。

「先生、達っちゃった?」

「……あ、……」

まぶただけではない、身体じゅうがだるかった。

湖賀の手が、支倉の欲望を確かめるように数度こする。達したばかりだからか過敏な腰が、びくびくと跳ねた。しかし、幹から白いものがあふれている様子はない。

「すげえ、先生……ドライで達けた?」

「し、知らな……」

「知らないってこたないでしょ? 自分の身体のことじゃん」

「わ、わかんねえんだよ! ほんとに……」

はじめてだから、とか細くなる声で言うと、身の置き所がなくなって、湖賀の視線から顔をそらした。シーツをかき寄せ、頭からかぶってしまう。

「はじめて……って、ほんと?」

「こんなことで嘘ついてどうすんだ」

「おれが、先生のはじめて、ひとつ貰っちゃったってこと？」

放心したような声で、湖賀は尋ねた。

そうだ、と言うしかないのだが、それはどうにも悔しかった。これ以上、主導権を握られるものができてしまうと、年上としての立場が、どんどん弱くなる気がする。

「ねえ、先生。出てきてよ」

シーツの端を引っ張られ、ついには顔が覗いてしまった。

「――先生のはじめて、くれてありがと」

ぎゅっ、とシーツごと抱きしめられる。心臓が、甘く打つ。

「おれ……これからも、先生に、いっぱいはじめてあげるからね。ずっと、一緒にいるってはじめてでしょ？」

「ん、……っ、あぁ……」

硬度を保っているもので、つながったままだったところを揺すられる。

ドライで絶頂を迎えたあとの、敏感な身体にはつらいほどだった。むずがゆいような高まりを、早く開放したくて腰が揺れる。

「やらしい……先生、綺麗だ……」

「馬鹿……っ、あ……」

抽送の速度が上がると、不安になるほどの快感が押し寄せて、支倉は湖賀の背中にすがりつく。湖賀はそれを圧倒するように、支倉の腰を摑んで穿つ。

「……先生……、好きだよ、先生……っ」

「……湖賀っ、……あ、あっ……湖賀——……っ！」

中にいる湖賀が、ぐっと質量と熱を増した。必要とされているみたいに抱きしめられて、求められているみたいに突き上げられる。そして——支倉自身も、愛おしい男を必死で求める。

「あ——湖賀っ、中に……くれっ……」

「先生っ……達くよ……、っ……」

「あ……あ、ああっ——……！」

息を詰め、駆け上がった絶頂の果ては、宙に放りだされるような開放の瞬間だった。

空を漂うような心許なさでいるところを、力強く抱き寄せられる。

腹の底に、熱く、重たいものを注がれている。もう、どこかへ消えていったりしない。迷ったりしない。自分の居場所は、この腕の中にある。

熱い吐息をこぼした男が、支倉の首すじに掻きついた。のしかかってくる重量は、人の愛おしさの重みだった。

あたたかい腕に抱かれながら眠った。

うとうとと目が覚めるたびに、自分の腰に回る腕を感じる。ここにいてもいいのだと、そう言われているようなぬくもりに、添われて眠るのははじめてだった。嬉しかった。

ようやくはっきりと目が覚めたのは、次の朝のことだった。

そっと視線を巡らせると、自分を背中から抱きしめるようにして、朝陽の中で湖賀が眠っている。

——また、カーテンも閉められずに寝ちまったな。

支倉は、我慢のきかない自分たちが可笑しくなった。いつだって、まわりが見えなくなるくらいには、たがいのことを求めている。

コーヒーでも淹れてやろうかと身じろぐが、上手く身体を起こせなかった。なにか圧迫感があると思ったら、自分の身体に、筋肉質な湖賀の腕が、木の根のように絡みついているのだった。それでようやく、支倉は、これからはこいつと一緒にいるのだという実感を得る。人と一緒にいるということは、愛されるとは、こういうことだ。重たくて苦しく、あたたかい。

窓の外は、湖賀とはじめて話した日に似た、よく晴れた朝だった。

ごそごそと動いているうちに、彼も起きだしてしまったようだ。

布団の中から伸びてきた手に引き戻されて、支倉は抗議しようと振り返る。すると、自分を背中から抱いている湖賀と目があった。

「――先生……おはよ」

明るく降る朝陽の中で、とろけそうな顔をした湖賀が笑んでいる。

これ以上の幸せがあるのかと、支倉は信じられない気持ちでそれを見た。ひたひたと、寂寞《せきばく》が光で、満たされる。

「――おはよう、湖賀」

やっとのことで応えると、湖賀はいっそう大きな笑顔で、支倉を抱く腕にぎゅっと力をこめた。

この場所に、つなぎとめられている。

「腹減ったなぁ」

湖賀が言った。

「おまえなあ」

支倉は、呆れ果てて脱力する。

「雰囲気ぶちこわしてんじゃねえぞ。色気より食い気かよ」

「えー、別にいいじゃん。先生と行くなら、どこでもデートだし」

慌てたように、湖賀は自分を抱き直した。年上の恋人に、機嫌を損ねられてはかなわないと思っているのだろう。まだ恋人同士というには初々しい反応に、支倉は声を上げて笑ってしまった。

大地のようにあたたかな胸に抱かれて、支倉は考える。

煙のように、消えていくだけの人生だと思っていた。

けれど今の自分なら、こうして根を張ることができる。大地に根を張り、ひととき誰かを守ってやれる、木蔭になることだってできる。そうしていつか、土に還れば、そこからまたあたらしいものが芽吹くだろう。

「なあ、湖賀」

「うん？」

「……愛してるよ」

自分をつなぎとめてくれる腕のぬくもりに、うっとりと目を閉じる。

「おれもだよ――先生」

こめかみに、キスが降る。

自分はもう、ひとりではない。――ちゃんと誰かに、つながっている。

あとがき

どうも、三津留《みつる》です。

本書をお手に取っていただき、ありがとうございます。

今回は、かねてより書いてみたかった先生と生徒ものです。猛攻忠犬高校生（ちょっとバカ）×失踪メンタル口悪美人（ややビッチ）→あれから何年経ちました、という、もーおまえなんなの？　仕事と趣味の境目わかってんの？？？　みたいなカップリング方程式でお送りいたします。完全に個人の趣味です。タイトルにはレトリバーとありますが、一瞬たりとも犬は出てきません！　すみません！　ほぼヒトのオスです！！！

しかしどうしてこんなに高校生ものが好きなのかわかりません。

そりゃもう卒業という香りのする三年生が一番神々しいのですが、背伸びの一年生も間延びの二年生もたまりません。部活ものの夢や絆も涙なしには語れませんし、帰宅部が帰り道にひとり河原で見た夕焼けのうつくしさをもてあましちゃうのも愛おしすぎて爆発します。放課後のプールのかすかな水音と塩素のにおいも冬枯れの桜を窓越しに見る図書室の指定席もセンチメンタルテロリズムです。

憧れを拗らせた本作ですが、刊行につきましては、みなさまにお世話になりました。

イラストをご担当くださいましたカワイチハル先生。ご担当いただけると聞いたときはリアルに両手バンザイしました！　わーい！　儚げで気怠げな美人先生と、視線がすでに構って攻撃の見事な犬、最高にうれしかったです！　ありがとうございました！

今回も見捨てずご指導くださいました担当さま。ありがたい励ましの言葉をたくさんくださったご恩は、いつか、ほんとに、ちゃんと返せるようにがんばります……！

この本の制作や販売に関わってくださったすべてのかたに、この場を借りてお礼を申し上げます。いつも相談に乗ってくれるＹＹさん、かよこＰもありがとうでした。

そして、この本を読んでくださいましたみなさま！

ここまでおつきあいいただき、本当にありがとうございました。ちょっとでも男子高校生萌えと失踪メンタル萌えを共有できるお話になっていればうれしいです。ご感想などあれば、ぜひお聞かせください。

願わくば、また次のお話でもお目にかかれますように。

三津留ゆう

この本を読んでの
ご意見・ご感想を
お寄せ下さい。

〒151-0051
東京都渋谷区千駄ヶ谷4-9-7
(株)幻冬舎コミックス　リンクス編集部
「三津留《みつる》ゆう先生」係／「カワイチハル先生」係

リンクス ロマンス

寂しがりやのレトリバー

2017年1月31日　第1刷発行

著者……………三津留《みつる》ゆう
発行人…………石原正康
発行元…………株式会社　幻冬舎コミックス
〒151-0051　東京都渋谷区千駄ヶ谷4-9-7
TEL 03-5411-6431（編集）
発売元…………株式会社　幻冬舎
〒151-0051　東京都渋谷区千駄ヶ谷4-9-7
TEL 03-5411-6222（営業）
振替00120-8-767643
印刷・製本所…株式会社　光邦
検印廃止

ISBN978-4-344-83898-7 C0293
Printed in Japan

幻冬舎コミックスホームページ　http://www.gentosha-comics.net